교과서에 나오는 우리 고전 새로 읽기 5
고미담 고미답
•풍자 소설•

교과서에 나오는 우리 고전 새로 읽기 5

고전은 미래를 담은 그릇

고전이 미래의 답이다

박윤경 글 | 김태란 그림

아주 좋은 날

'수박 겉핥기'라는 속담이 있습니다. 맛있는 수박 속이 아닌 딱딱한 겉껍질만 핥고 있다는 뜻으로, 깊이 있는 의미는 알지 못한 채 겉만 건드린다는 뜻입니다.

마찬가지로, 고전 읽기에서도 종종 그런 일이 있지요. 오랫동안 전해 내려온 고전은 우리에게 무척 친숙합니다. 그래서 제목만 보고 그 내용을 잘 안다고 생각하지만, 자세히 들여다보면 제대로 알지 못하거나 오해하고 있던 부분이 많습니다.

오랜 세월을 간직한 기록들은 해가 지날수록 그 가치와 의미를 더해 갑니다. 과거의 유산은 현재를 정확하게 살피고, 미래를 현명하게 계획하도록 우리를 안내해 줍니다. 이 책에 담긴 세 편의 이야기도 기꺼이 우리의 안내자가 되어 주겠다고 손을 내밀고 있습니다.

〈옹고집전〉은 여러 편의 이본이 있습니다. 이본마다 내용이 조금씩 다르긴 해도 옹고집이 욕심 많고 심술궂은 마음을 버리고 좋은 사람이 되었다는 내용은 같습니다. 고전을 읽어야 하는 이유 중 하나는 우리가 어떤 모습으로 살아가야 하는지 깨닫게 해 준다는 것입니다. 아무리 돈이 많고 겉으로 부러울 것 없이 사는 사람도 마음이 가난하면 누구보다 불쌍한 사람입니다.

자기만 알던 옹고집은 집에서 내쫓기고, 긴 고생을 한 후에야 자신의 행실을 뉘우치며 깨달음을 얻게 됩니다. 이 대목에서 우리는 통쾌함과 안도감을 동시에 느낍니다. 또한 옹고집을 통해 못된 고집이 아니라 좋은 고집을 부릴 줄 알아야 함을 배웁니다.

〈양반전〉과 〈허생전〉은 연암 박지원의 작품입니다. 박지원은 조선 시대 실학자로, 세상을 다른 눈으로 볼 줄 알았던 사람입니다. 그는 누구보다 현실을 날카롭게 바라보고, 앞으로 어떻게 살아야 할지를 고민했지요.

두 작품은 권력과 체면을 앞세워 세상의 변화를 읽지 못하는 무능한 양반, 혹은 지도층을 비판합니다. 모두가 '옳다'라고 할 때 '아니다'라고, '아니다'라고 할 때 '옳다'라고 말하려면 큰 용기가 필요합니다. 용기는 '가치'에서 나옵니다. 우리가 자신 있게 '옳다'라고 말할 수 있는 가치는 어떤 것일까요? 두 작품을 읽으며 박지원의 그러한 고민을 함께 나눌 수 있으면 좋겠습니다.

세상은 하루가 다르게 변하고 있습니다. 4차 산업 시대라는 말은 이제 우리에게 낯선 용어가 아니지요. 4차 산업 시대의 필수 조건으로 손꼽는 것이 바로 '인공 지능'입니다. 인공 지능은 이미 의료, 교육, 예술 분야 등 우리 생활 깊숙이 자리 잡고 있습니다.

　인공 지능에 대체되지 않고 살아남기 위해서는 공감 능력과 창조력이 필요합니다. 이 두 가지 능력은 다른 사람을 이해하고 배려하는 마음에서 나옵니다. 그 중심에는 책이 있고, 고전은 훌륭히 그 몫을 담당하지요. 고전을 통해 시대의 흐름을 읽고, 나, 우리 그리고 세상을 따뜻하게 만들 방법을 고민해 보기를 바랍니다.

차
례

옹고집전

천하제일 고집불통 옹고집

경상도 옹진골 옹당촌에 옹고집이라는 사람이 살았다. 옹고집은 성격이 고약하기로 유명했다. 다른 사람 잘되는 꼴을 못 보고 괴롭히는 것을 좋아했다. 풍년이 드는 것도 좋아하지 않고, 모든 일을 삐딱하게 보고 심술부리기 좋아하는 고집쟁이였다. 호박에 말뚝 박기, 초상집에서 춤추기, 불난 집에 부채질하기, 아이 가진 여자 밀어서 다치게 하기, 봉사 보면 진 곳으로 밀기, 이웃 사람 이간질하기 등 손꼽아 얘기하면 열 손가락이 모자랄 지경이었다.

그래서 사람들은 옹고집이 나타나면 급히 자리를 피하기 일쑤였다.

"저기 옹고집이 오는군. 빨리 피하세."

"그러세. 괜히 봉변당할라."

마을 사람들은 옹고집의 그림자만 봐도 발길을 돌려 되돌아갔다. 그러나 눈치 없는 옹고집은 사람들이 자기를 어려워한다고만 믿었다.

심술궂고 고집스러운 옹고집은 어찌 된 일인지 재물 복이 많아서 떵떵거리며 살았다. 가진 돈이 많아 세상 부러운 것도 없고, 고개 숙일 일도 없었다. 어찌나 돈이 많은지 중국 진나라 때의 부자인 석승과 도주공(월나라의 재상이었으며 제나라에서 부자가 됨)의 명성이 부럽지 않았다.

옹고집이 사는 집은 으리으리했다. 앞뜰에는 곡식을 수북이 쌓아 두고, 뒤뜰에는 담을 치고, 울타리 밑에는 벌통을 놓아두었다. 오동 나무를 심어 정자 삼아 쉬며, 소나무를 심어 집 안쪽이 밖에서 보이 지 않도록 했다. 사랑방 앞에 연못을 파고, 연못 위에 돌을 쌓아 조 그맣게 산을 만들고, 그 위에 초당을 지었다. 초당의 네 귀퉁이에 풍 경을 매달아 두어 바람이 불 때마다 맑은 소리가 바람결에 흔들렸 다. 연못 한가운데 금붕어들이 물결 따라 뛰놀고, 동쪽 뜰에 핀 모란 화는 너울너울, 활짝 핀 진달래는 삼월 봄바람에 떨어지고, 서편의 앵두꽃은 담장 안에 흔들흔들, 영산홍과 자산홍은 물에 비치어 아름 답고, 매화꽃과 복사꽃은 눈부시게 만발하여 보는 사람마다 그 정취 에 빠져들었다.

으리으리하게 화려한 큰 집에서 며느리는 비단을 짜고, 딸은 수 를 놓았다. 머슴들은 새끼를 꼬거나 방아를 찧으면서 쉬지 않고 일 했다.

"꾀부리지 말고 일하거라! 밥 축내지 말고!"

옹고집은 머슴들을 닦달하고 조금이라도 거슬리면 욕을 해 댔다. 그러니 집안에 아무리 돈이 많아도 웃음소리 한 번 들을 수 없었다.

옹고집은 심술궂고 고집만 센 것이 아니라 효심도 없었다. 올해 팔십이 된 병든 어머니는 보살핌도 제대로 못 받고 시름시름 앓고 있었다. 옹고집은 아픈 어머니에게 닭 한 마리, 약 한 첩 드릴 생각도 하지 않고, 아침 한 끼는 밥을 먹이고, 저녁에는 죽을 먹이는 게 전부였다. 어머니가 차가운 방에 홀로 누워 서럽게 울며 말했다.

"아이고, 내가 너를 낳아 애지중지하며 보물같이 길렀다. 너를 어루만지며 '은자동아 금자동아, 무하자태 백옥동아(곱고 옥같이 보배로운 아기), 천지만물 일월동아, 나라사랑 간간동아, 하늘같이 어질거라, 땅같이 너그러워라. 금을 준들 너를 사랴, 천상인간 무가보(하늘에 사는 사람처럼 너무나 귀하여 값을 매길 수 없음)는 너뿐이로다' 노래했거늘, 어찌 어미의 공을 이리도 모르느냐? 옛날 왕상(진나라의 유명한 효자)은 얼음 속에서 잉어를 낚아 부모 봉양하였다던데, 그만큼은 못해도 불효는 말아야지."

옹고집은 어머니의 말을 귓등으로도 듣지 않았다. 어머니가 하소연하자 배은망덕한 옹고집이 대답하였다.

"진시황 같은 이도 만리장성 쌓아 두고 아방궁 높이 지어 삼천 궁녀들과 천년만년 살고자 했지만 결국 죽었고, 백전백승 초패왕도 오강에서 죽었고, 안연 같은 현명한 학자도 삼십에 죽었거늘, 어머니는 오래 살아서 무엇 하려고 그러시오? 옛글에 인간이 칠십까지 사는 일도 드물다 했으니 어머니는 올해 팔십이니 살 만큼 산 것이라오. 오래 살면 도움이 안 되니 이대로 돌아가신다 해도 억울한 게 아니올시다."

자기를 낳아 준 어머니에게도 이리 못되게 구니 다른 사람들에게는 더 말할 필요도 없었다. 옹고집은 거지가 찾아오면 동냥이라도 줄 듯하다가 조롱하며 쫓아내고, 담장 밖에서 아이들이 놀고 있으면 뜨거운 물을 뿌려서 쫓아냈다.

옹고집의 심술은 하늘 높은 줄 모르고 사나워졌다. 그러나 뭐니 뭐니 해도 가장 못된 심술은 스님을 박대하는 것이었다. 죄 없는 스님을 봐도 꽁꽁 묶어 두거나 볼기를 때리거나 큰소리를 쳐서 내쫓았다. 그의 심술이 이러하니 나이 어린 스님들은 옹고집의 집 앞을 감히 지나지도 못했다.

그러던 중에, 월출봉 취암사에 한 도사가 있었다. 도술이 뛰어나 귀신조차 그 앞에서 벌벌 떤다는 말도 있었다. 하루는 도사가 학 대사를 불러 말했다.

"옹당촌에 옹 좌수라고 하는 사람이 불도를 업신여기고 스님을 원수같이 여긴다 한다. 그 사람 집에 가서 살펴보고 오너라."

"분부대로 하겠습니다."

학 대사는 헌 대나무 갓을 쓰고, 베로 만든 낡은 장삼을 입고, 백팔염주 목에 걸고, 육환장(승려들이 짚는 고리가 여섯 개 달린 지팡이)을 손에 들고 절을 나섰다. 길가에 핀 계수나무 꽃과 산새 울음소리가 갈 길을 재촉했다. 학 대사는 날이 어둑해질 즈음 옹고집의 집에 도착했다.

"듣던 대로 대단한 부자로구나."

넓은 마루를 둘러싼 집 네 귀퉁이에는 풍경이 달려 있었고, 높이 솟은 대문이 좌우로 열렸다.

학 대사는 동냥중이 가지고 다니는 자루를 펼쳐 놓고 목탁을 탁탁 치며 염불을 외기 시작했다.

"관세음보살, 시주 많이 하시면 극락세계로 가오리다. 아미타불 관세음보살."

이때 늙은 여종이 놀라서 뛰어나왔다.

"아이고, 스님! 소문 못 들으셨소? 여기가 어딘 줄 알고 이러시오?"

학 대사는 들은 척도 하지 않고 계속 염불을 외웠다.

"스님, 우리 집 좌수님이 낮잠을 달게 주무시는데 아직 깨지 않았으니 얼른 가시오. 만약 잠에서 깨면 동냥은커녕 귀 뚫리고 갈 것이니 빨리 돌아가시오."

학 대사가 아무렇지 않은 듯 대답했다.

"이렇게 크고 웅장한 집에서 대접이 어찌 이렇습니까? 악을 베푸는 집에는 재앙이, 선을 베푸는 집에는 경사가 있다고 했습니다. 소승은 영암 월출봉 취암사에서 왔습니다. 법당이 낡아서 새로 지으려고 합니다. 먼 길을 마다 않고 찾아왔으니 황금 일천 냥만 시주하옵소서."

학 대사가 두 손을 모으고 절하며 목탁을 계속 두드렸다. 그때 옹고집이 잠에서 깼다.

"밖이 어찌 그리 시끄러우냐?"

여종이 대답했다.

"노승이 와서 시주를 하라 하옵니다."

옹고집이 그 소리를 듣더니 성난 눈알을 굴리며 꽥꽥 소리를 질렀다.

"괘씸한 중놈아, 시주하면 어찌 되느냐?"

학 대사가 육환장을 높이 들어 두 손 모아 절을 하며 말했다.

"황금 일천 냥만 시주하시옵소서. 소승이 절에 돌아가 축원을 빌 겠습니다. 그리하면 원하시는 바가 이루어질 겁니다."

옹고집이 기가 막힌 듯 웃었다.

"네 말이 가소롭구나. 태어날 때 이미 부자와 가난한 자, 귀한 자와 천한 자, 자식이 있는 자와 없는 자, 복이 있고 없음을 타고난다. 네 말대로 시주하여 소원을 이룰 수 있다면 가난할 사람이 누가 있고, 자식 없을 사람이 누가 있겠느냐? 중들은 부모 은혜 배반하고 삭발 하여 부처의 제자 되어 아미타불 거짓 공부하는 놈들이다. 어른 보면 동냥 달라고 하고, 아이 보면 절에 가자고 꾀고, 불충불효하는 네 놈 행실 내가 다 알았는데 동냥 주어 무엇 하겠느냐?"

학 대사가 대답하였다.

"그런 말씀 마시옵소서. 청룡사에 축원하고 영웅 소대성(조선 후

16 •

기 영웅 소설의 주인공)을 낳아 나라를 위해 충성을 다하고, 천수다라니경(천수관음의 유래, 발원, 공덕 따위를 적은 경문)을 외워 주상 전하의 복을 아침저녁으로 빕니다. 이것이 충성, 효심이 아니고 무엇이겠습니까? 그런 말씀 마옵소서.”

옹고집이 학 대사의 말을 듣고 보니 그럴듯했다.

“네가 뭘 좀 아는 모양이구나. 그렇다면 내 관상이나 봐 다오.”

학 대사는 천천히 옹고집의 얼굴을 살폈다.

“좌수님 관상을 보니 눈썹이 길고 미간이 넓어 살림이 넉넉하나, 눈꺼풀이 움푹 들어가서 자손이 부족하고, 얼굴 생김이 남의 말은 아니 듣고, 손발이 작으니 재난이나 형벌에 당하여 죽을 듯하고, 혹은 말년에 병을 얻어 고생하다 죽을 것 같습니다.”

옹고집은 이 말을 듣고 버럭 화를 냈다.

“못된 놈 같으니라고! 내 너를 가만두지 않을 것이다.”

그러더니 큰 소리로 외쳤다.

“돌쇠, 몽치, 강쇠야, 저 중놈을 당장 묶어라.”

옹고집의 명령이 떨어지자 종들이 눈을 부릅뜨고 천둥같이 달려들어 헌 대나무 갓 벗겨 내던지고, 두 귀 덥석 잡아 높은 돌 위에 휘휘 둘러 동댕이친 후 꽁꽁 묶었다. 옹고집이 중에게 호통을 쳤다.

“미련하고 어리석은 이 중놈아, 들어 보거라. 너 같은 땡중이 거짓 불도하고 남의 곡식을 달라 하니, 그냥 둘 수 없다.”

그러더니 옹고집은 학 대사의 귓불에 구멍을 뚫고 사정없이 매질해서 끌어내었다.

옹고집이 두 명이라고?

학 대사는 도술을 부려 취암사로 돌아왔다. 여러 승려들이 학 대사에게 달려와 어찌 되었는지 물었다. 학 대사는 옹고집과 있었던 일을 들려주었다.

"시주하라고 했다가 묶이고, 귓불도 뚫리고, 매를 맞고, 봉변을 당하고 왔다. 내 도술로 그 자리에서 옹고집을 혼내 줄 수도 있었으나 똑같은 사람이 되지 않으려고 참고 또 참았다. 그러나 불도를 우습게 알고 횡포가 점점 심해지니 그대로 둘 수는 없고……."

학 대사가 고민을 하자 젊은 승려가 말했다.

"그러면 이리하시지요. 스승의 높은 술법으로 염라대왕께 고하여 옹고집을 잡아다가 지옥에 가둬 두고 영영 세상에 나오지 못하게 하옵소서."

"그것은 불가하다."

"그러면 보라매가 되어 푸른 하늘에 높이 떠서 서쪽 산에 머물다가 달려들어 옹가의 머리를 두 발로 덥석 쥐고 두 눈을 후벼 내면 어떻겠습니까?"

"아서라, 그것도 안 된다."

"그러면 겹겹이 쌓인 산의 맹호가 되어 깊은 밤에 담장을 넘어가서 옹가를 물어다가 산 높고 골짜기 깊은 사람 없는 곳에 가서 뼈까지 먹어 치우는 건 어떻습니까?"

"그 역시 안 된다."

"그러면 천 년 묵은 여우로 둔갑해 곱게 차려입고 옹고집의 품에 누워 달콤한 말로 옹고집을 속이는 겁니다."

한 스님의 말에 다른 스님들도 호기심을 보였다.

"어떻게 옹고집을 속인다는 것이오?"

다들 스님이 어떤 말을 할지 쳐다보았다. 스님이 여인처럼 몸을 배배 꼬며 말했다.

"'저는 본래 월궁 선녀로, 옥황상제께 죄를 지어 인간 세상으로 쫓겨났습니다. 갈 곳이 없어 헤매다가 옹 좌수님을 찾아왔습니다' 하고 옹고집을 놀리며 밤새 놀다가 찬바람을 쐬어 병이 나서 죽게 하옵소서."

"아서라, 그도 못할 일이다."

그러더니 학 대사는 꾀를 생각해 냈다. 볏짚 한 묶음을 가져다 허수아비를 만들었는데 만들어 놓고 보니 옹고집과 꼭 닮았다. 학 대사가 도술을 외고 부적을 써서 붙이니 허수아비가 사람처럼 움직이는

데 옹고집과 똑같았다.

"이제 너는 옹고집이 사는 곳으로 가거라."

허수아비로 만든 가짜 옹고집은 옹가네로 찾아갔다. 가짜 옹고집은 집 앞에서 대문을 활짝 열어젖히고 큰 소리로 외쳤다.

"여봐라, 늙은 종 돌쇠야, 젊은 종 몽치, 강쇠야!"

옹고집의 목소리에 종들이 달려왔다.

"네놈들은 어찌 그리 게으르냐? 어서 말 콩 주고 여물 썰어라."

그러고는 여종을 불렀다.

"이년, 춘단아! 빨리 방 쓸어라."

그렇게 종들을 호령하며 천연덕스럽게 앉았는데, 누가 봐도 분명히 옹고집이었다. 그때 진짜 옹고집이 나오며 툴툴거렸다.

"도대체 누가 왔길래 이리 소란스러우냐?"

옹고집은 가짜 옹고집과 눈이 마주쳤다.

"너는 귀신이냐? 사람이냐? 어디 사는 누구냐?"

옹고집은 자기와 똑같은 모습을 한 가짜 옹고집을 보고는 깜짝 놀라 물었다.

"나는 이 집 주인 옹가다."

가짜 옹고집이 대답하자, 진짜 옹고집이 발끈했다.

"미친놈, 이 집 주인은 나다. 내가 진짜란 말이다!"

옹고집은 기가 막혀서 더 이상 말이 안 나왔다. 그러나 바로 정신을 차리고 말했다.

"사실대로 말해라, 너는 누구길래 함부로 들어와서 주인인 체하느냐?"

옹고집이 불같이 화를 내며 큰 소리로 따져 묻다가 명했다.

"오호라, 내가 부자란 소문을 듣고 재물을 훔쳐 가려고 들어왔구나. 강쇠야, 이놈을 당장 쫓아내라."

"예, 나으리!"

종들이 대답하고 달려드는데 이번엔 가짜 옹고집이 소리를 질렀다.

"뭐 하고 있느냐? 강쇠야, 저놈을 쫓아내라."

종들이 이리 보고 저리 봐도 이 옹고집 저 옹고집이 똑같았다. 두 옹고집이 똑같으니 종들은 누구를 쫓아내야 할지 몰라 이러지도 저러지도 못했다.

이 상황을 지켜보던 진짜 옹고집이 분통이 터져 가짜의 멱살을 잡았다. 그러나 가짜도 만만치 않아서 진짜에게 달려들어 한바탕 몸싸움이 벌어졌다. 종들이 말리려고 해도 옷이며, 목소리며, 몸집이며, 생김새가 똑같으니 누가 진짜이고, 누가 가짜인지 알 수가 없어 발만 동동 굴렀다.

"마님, 마님! 큰일 났습니다."

결국 종이 옹고집의 부인을 부르러 뛰어왔다.

"무슨 일인데 이리 호들갑이냐?"

부인이 종에게 물었다.

"일 났습니다. 좌수님이 둘이 되었습니다. 세상에 이런 변고가 또 어디 있습니까?"

부인이 이 말을 듣고 너무 놀라 말했다.

"이게 무슨 말이냐? 좌수님이 중을 보면 결박하고 불도를 능멸하고 팔십 먹은 늙은 어머니를 박대하더니 벌을 받았단 말이냐? 하늘이 내린 벌을 사람 힘으로 어쩐단 말인가? 춘단 어멈, 네가 가서 자세히 알아 오너라."

춘단 어멈이 마당으로 가서 두 옹고집을 보고는 깜짝 놀라서 눈이 휘둥그레졌다.

'네가 옹가냐, 내가 옹가다' 하며 서로 다투는데 말투, 행동, 이목구비가 똑같았다.

춘단 어멈이 부인에게 가서 일렀다.

"마님, 이게 무슨 일이랍니까? 귀신이 곡할 노릇입니다."

"춘단 어멈, 네가 보기에 어떠냐?"

춘단 어멈이 고개를 절레절레 흔들었다.

"세상에, 누가 까마귀의 암수를 구별할 수 있겠어요? 마님, 저는 알 수가 없습니다. 어쩌면 좋을까요?"

부인이 잠시 생각하더니 무릎을 탁 쳤다.

"우리 양반이 좌수로 임명되었을 때 도포를 급히 다루다가 불똥이

튀어 안자락에 구멍이 났다. 그것으로 알아보고 오너라."

춘단 어멈이 다시 마당으로 달려갔다.

"누가 진짜인지 알 방법이 있습니다. 도포를 보여 주십시오."

옹고집이 도포 자락을 펼쳐 보이니 안자락에 불똥 구멍이 있었다.

"아이고, 이분이 진짜 좌수님이십니다."

그러자 가짜 옹고집도 앞으로 나섰다.

"이런 요망한 년, 가소롭구나. 그런 표시는 나도 있다."

그의 도포에도 역시 똑같은 불똥 구멍이 있었다. 그러니 누가 진짜인지 알 방법이 없었다.

춘단 어멈이 다시 부인에게 와서 말했다.

"애고, 답답해라. 마님이 직접 나가 보세요. 저는 알 수가 없습니다."

부인이 이 말을 듣고 한숨을 쉬었다.

"아내는 반드시 남편을 따라야 한다는 뜻을 받들어, 죽어도 같은 날 죽자고 하늘에 맹세했는데 어찌 된 일이오? 꿈인지 생시인지 알 길이 없구나. 덕이 높은 공자도 노나라 사람에게 곤욕을 당했다가 성인이 되었으니 우리 집에 이런 변이 생긴단 말이냐? 내 행실을 바로 하고 지아비를 잘 섬겼는데 두 남편이 웬 말이냐?"

부인이 탄식할 때 며느리가 말했다.

"집안에 이런 큰일이 생겼는데 체면이 뭐 그리 중요하겠습니까?"

며느리가 두 옹고집이 있는 곳으로 달려갔다. 가짜 옹고집이 며느리를 보자 반가워하며 말했다.

"아가, 나다. 내가 시아비다."

며느리가 이쪽저쪽 쳐다보다 울상이 되었다.

"아가, 내 말 좀 들어 보거라. 창원 마산포서 네가 시집올 때 말 십여 마리에 온갖 살림살이를 싣고 왔다. 기억하느냐?"

"당연히 기억합니다."

"그때 내가 뒤따라가는데 성질 사나운 말 한 마리가 뒤뚱거려 실은 것이 모두 파삭파삭 깨지고 놋 항아리 떨어져서 쓰지 못하고 벽장에 넣어 두었다. 내 말이 거짓이냐?"

"맞아요, 맞습니다."

며느리가 손뼉을 치며 반가워했다. 그러자 이번에는 옹고집이 나섰다.

"애고, 저놈 보소. 내가 할 말을 자기가 하고 있네. 새 아가, 내 얼굴 자세히 보아라. 네 시아비는 내가 아니냐?"

며느리가 말했다.

"우리 아버님은 두상에 가르마가 있고 가르마 가운데 백발이 있사오니, 보여 주세요."

옹고집이 머리를 풀고 백발을 보여 주었다. 머리가 단단하여 바늘로 찔러도 피 한 방울 아니 날 것 같았다.

"맞습니다. 여기 백발이 있습니다. 제 시아버지는 이분이십니다."

며느리의 말이 끝나자마자 가짜 옹고집이 요술을 부려 흰 털을 빼다가 자기 머리에 붙였다. 진짜 옹가의 머리에서 백발이 사라지고 가짜 옹고집의 머리에 딱 붙어 있었다.

"아가, 내 머리 자세히 보거라."

며느리가 가까이 다가가서 살피더니 말했다.

"예, 우리 시아버님이 맞습니다."

옹고집이 그걸 보고 머리를 탕탕 두드렸다.

"아이고, 가짜더러 제 시아버지라 하고, 진짜는 구박을 하는구나. 기막혀 죽겠네, 내 서러운 마음 누구에게 털어놓을까?"

이 상황을 보고 있던 종놈 하나가 남문 밖, 활쏘기를 하는 정자로 달려갔다.

"도련님, 도련님!"

"여기까지 찾아와서 웬 소란이냐?"

"얼른 댁으로 가십시오. 큰일 났습니다."

"큰일이라니?"

"좌수님이 둘이 되었습니다."

아들이 이 말을 듣고 부리나케 화살통을 메고 집으로 달려갔다. 가짜 옹고집이 아들을 보더니 말했다.

"아들아, 아비다. 나를 알아보겠느냐?"

아들이 멀뚱멀뚱 쳐다보자 가짜 옹고집이 말을 이었다.

"저 건너 최 서방에게 소작료 열 냥을 너에게 주라고 했다. 그 돈을 받았으면 그 돈에서 한 냥을 빼 술을 사오너라. 분하고 분하다. 이놈이 우리 재산을 빼앗으려고 이리한다."

진짜 옹고집이 펄쩍 뛰었다.

"애고애고, 저놈 보소. 내가 할 소리를 자기가 하네!"

아들은 두 사람의 얼굴을 이리저리 자세히 살펴보았다. 두 옹고집이 서로 팔을 벌려 안으려고 했지만 아무리 살펴보아도 똑같아서 어느 쪽으로 가야 할지 판단이 서지 않았다.

가짜 옹고집이 말했다.

"네 어머니더러 나오라고 해라. 이런 변고 중에 내외가 웬 말이냐?"

"어머님, 어서 나가서 자세히 살펴보세요."

부인도 더 이상 가만히 있을 수 없어서 마당으로 갔다. 부인을 보더니 반갑게 맞으며 가짜 옹고집이 말했다.

"마누라, 내 말 좀 들어 보시오. 우리 첫날밤 기억나시오?"

"망측해라, 지금 무슨 말씀을 하려고 그러십니까?"

부인은 얼굴을 붉혔다.

"첫날밤에 내가 당신을 안으려고 하니 당신이 부끄러워하며 거절하지 않았소? 그래서 내가 '이같이 좋은 밤은 백 년에 한 번뿐이니 헛된 시간을 보낼 수 있겠소?' 하고 당신을 설득했소. 그제야 당신이 허락하지 않았소? 이런 일을 나 말고 또 누가 알겠소?"

부인이 생각하니 그 말이 맞았다.

"맞습니다. 부끄럽지만 그런 일이 있었지요. 하지만 두 분이 똑같으니 어찌해야 할지 모르겠습니다."

진짜와 가짜가 바뀌다

이때 구불촌 김 별감이 와 문밖에서 옹고집을 찾았다.

"옹 좌수 안에 있는가?"

그런데 대뜸 가짜 옹고집이 나섰다.

"아이고, 이게 뉘신가? 김 별감 아니신가? 달포를 못 보았는데 그간 평안하였나? 나는 집안에 일이 있어 편치 못하네."

"아니, 집안에 일이라니, 무슨 일인가?"

"나랑 똑같이 생긴 놈이 내 재물을 빼앗으려고 몹쓸 꾀를 내어 나인 척 거짓 행세를 하고 있다네."

"무슨 그런 말도 안 되는 일이?"

문안으로 들어선 김 별감은 눈을 비볐다.

"내가 헛것을 본 건가? 자네가 어찌 둘인가!"

"이보게. 나 좀 자세히 보게. 나를 몰라보겠나?"

옹고집이 김 별감 눈앞에 얼굴을 갖다 대고 물었다.

"속지 말게. 자네, 나를 모르겠는가? 내가 진짜라는 걸 명백히 밝혀서 저 사람을 쫓아 주게나."

가짜 옹고집도 질세라 대꾸했다. 옹고집이 이 말을 듣고 가슴을 쳤다.

"애고애고, 저놈 보소. 가짜가 사람 속이네. 이놈아, 네가 진짜냐? 내가 진짜지."

두 옹고집이 다툴 적에 김 별감이 말했다.

"서로 진짜라고 우기니 관청에 가서 판결을 내려 달라고 하세."

이 말을 듣고 두 옹고집이 서로의 멱살을 잡고 관청으로 향했다.

관청에서는 풍악이 울리고, 즐거운 웃음소리가 흘렀다. 사또가 옛 친구를 불러 잔치를 벌이는 중이었다. 한창 흥에 취해 있던 차에 얼굴도 같고, 의복도 같고, 머리, 가슴, 팔, 다리 모두 같은 옹고집 둘이 나타났으니 사또 또한 당혹스러웠다.

진짜 옹고집이 먼저 말했다.

"제가 옹당촌에서 대대로 부자로 잘살고 있는데, 알지 못하는 사람이 저와 같이 꾸미고 제 집에 와서 자기가 진짜라고 하니 이런 억울한 일이 또 어디 있겠습니까? 현명하신 사또께서 이놈을 엄문하여 옳은 판결을 내려 주소서."

가짜 옹고집도 말했다.

"제가 하고 싶은 말을 저놈이 다 했습니다. 현명하신 사또는 참과 거짓을 가려 주소서. 그리하면 죽어도 여한이 없겠나이다."

"여봐라, 저 둘의 옷을 벗겨라."

겉은 같더라도 벗은 몸은 다를 거라고 생각한 사또가 명을 내렸다. 그러나 이 둘은 벗은 몸 또한 똑같았다. 단단한 머리통이며, 떡 벌어진 어깨며, 불룩 나온 배, 짧은 다리까지 한 사람처럼 꼭 닮아 있었다. 관청의 하인이며 내빈 행객 모두 누가 진짜이고 가짜인지 가려낼 수가 없었다.

"아니, 저럴 수가!"

"보고도 믿을 수 없네."

모인 사람들이 여기저기서 웅성거렸다. 사또는 흥겨운 잔칫상에 불청객이 찾아와 기분이 영 좋지 않았다. 그저 귀찮은 일을 빨리 처리하고 싶은 마음이었다. 형방이 아뢰었다.

"두 사람의 호적을 조사해 보시지요."

"옳지, 그리하면 되겠구나. 각자 호적을 말해 보거라."

성질 급한 옹고집이 먼저 말했다.

"아버지 이름은 옹송이옵고, 할아버지는 만송입니다. 그리고 증조부의 이름은 옹…… 아버지의 이름은 옹송……, 할아버지의 이름은 만송…….''

옹고집은 아버지와 할아버지 이름 말고는 제대로 기억을 하지 못해 옹송, 만송만 되풀이했다.

사또가 말했다.

"그놈, 호적이 옹송망송하구나. 이번엔 네가 말해 보거라."

가짜 옹고집이 술술 호적을 읊었다.

"저는 옹고집이라고 하며 나이는 삼십칠 세입니다. 저의 아버지가 좌수를 지내실 때에 백성을 사랑한 공으로 집집마다 과하던 부역을 삭감해 주기로 유명했습니다. 아버님의 성함은 옹송이오니, 절충장군(정삼품, 당상관의 무관)을 지내셨고, 할아버지는 만송이며 오위장(종이품의 무관)을 지냈고, 할아버지의 할아버지는 맹송입니다. 본은 해주며, 처는 최씨요, 본은 진주입니다……."

가짜 옹고집이 쉬지 않고 줄줄이 말했다.

"오호라, 네가 조상을 자세히 알고 있는 것 같으니 진짜인 것 같구나. 그래도 그것만으로는 충분하지 않은데……."

사또가 고개를 갸웃거리자 가짜 옹고집이 또다시 말을 이었다.

"이번에는 세간을 말씀드리지요. 곡식과 콩과 팥을 합하여 이천백 석이고, 마구간에 말이 여섯 필 있습니다. 돼지가 이십 마리, 암탉과 수탉은 모두 육십 마리지요. 안성 방짜 유기가 열 벌이고, 앞닫이, 반닫이며 이층장, 화류 문갑, 용장(용무늬가 그려진 옷장), 봉장(봉황이 그려진 옷장), 산수병풍 다 있습니다. 병풍 한 벌은 제 자식 신혼 때에 매화 그린 폭이 망가져 고치려고 다락에 따로 얹어 두었습니다. 책은 천자문, 당음, 당율, 사략, 통감, 소학, 대학, 논어, 맹자, 시전, 서전, 춘추, 예기, 주역, 총목까지 다락에 쌓아 두었습니다. 또 은가락지가 이십 개, 금가락지가 한 죽(열 개를 묶어 세는 단위)입니다. 비단은 파란색과 붉은색을 합하여 열세 필이고, 모시가 서른 통 있고, 명주가 마흔 통 있는데 그중 한 필은 저의 큰딸이 첫 달거리 때 사용했습니다. 이것만 보아도 명백히 알 것입니다. 진신과 마른신이 석 죽이고, 가장자리에 꾸민 것이 여섯 켤레이온데, 그중 한 켤레는 신지 못하여 벽장 안에 있습니다. 이것을 확인하여 하나라도 틀리거든 당장 죽어도 후회하지 않습니다. 저놈이 저의 살림살이가 많음을 듣고 욕심을 내어 이런 일을 벌였으니 저 무도한 놈에게 벌을 내려 주십시오."

가짜 옹고집이 쉬지도 않고 이야기를 마치자 사또는 귀찮고 피곤해졌다. 사또가 다 듣고 난 후 옹고집을 쳐다보며 말했다.

"이제 너도 말해 보거라."

그러자 진짜 옹고집은 우물쭈물하며 말끝을 흐렸다.

"저는 세간을 잘 알지 못합니다. 그 많은 전답이며 귀중품을 어찌 다 세겠습니까? 그러나 제가 진짜인 건 확실합니다."

"아니, 네놈은 아는 게 하나도 없단 말이냐?"

"제 종놈들을 이야기하자면……."

가짜 옹고집이 끼어들어 또 이야기를 시작하려고 하자 사또가 손을 내저었다.

"들을 것도 없다. 네가 진짜 옹고집이다."

사또는 가짜 옹고집을 대청에 올려 앉히고 기생을 불렀다.

"이 양반께 술을 권하거라."

기생이 술을 들고 권주가를 불렀다.

"잡수시오, 잡수시오. 이 술 한잔 잡수시오. 이 술 한잔 잡수시면 천년만년 살리라. 이 술이 술이 아니라 한무제 승로반(한무제가 이슬을 받으려고 만든 쟁반)에 이슬 받은 것이오니 쓰든 달든 잡수시오."

가짜 옹고집이 흥이 올라 술잔을 받아 들고 말했다.

"하마터면 아까운 세간을 저놈에게 빼앗기고 아름다운 기생이 따라 주는 맛난 술을 못 마실 뻔하였습니다. 사또께서 흑백을 가려 주시니 은혜가 백골난망입니다. 저의 집에 오시면 막걸리 한잔 대접하겠습니다."

"알겠네, 그리하지."

사또는 판결을 끝내고 진짜 옹고집을 불러 일렀다.

"네가 아주 흉측한 놈이로구나. 음흉한 마음을 품고 남의 세간을 가로채려 하니 네 죄상은 마땅히 법에 따라 처벌해야 할 것이다. 그러나 오늘은 잔칫날이니 가벼이 벌하겠다."

그러고는 포졸을 불렀다.

"여봐라, 저놈에게 곤장 삼십 대를 내려라."

곤장이라는 말에 진짜 옹고집은 벌벌 떨며 애원했다.

"아이고, 나리, 살려 주십시오."

그러나 이미 늦은 일이었다. 옹고집은 곤장 삼십 대를 맞았다.

"아이고, 나 죽네! 아이고, 마누라!"

옹고집이 아무리 비명을 질러도 누구도 거들떠보지 않았다. 곤장 삼십 대를 다 맞자 사또가 물었다.

"지금도 네가 옹고집이라 하겠느냐?"

"제가 진짜……."

옹고집은 끝까지 결백함을 굽히려다 말을 멈추었다. 만일 계속 진짜라고 했다가는 곤장에 맞아 죽을 듯했다.

"예, 제가 가짜입니다. 처분대로 하옵소서."

"뭣들 하느냐? 저놈을 내쫓아라."

명령이 떨어지자 벌떼 같은 포졸들이 한꺼번에 달려들어 옹고집의 상투를 잡아 휘휘 둘러 내쫓았다. 쫓겨난 옹고집은 가슴을 탕탕 두드리며 대성통곡했다.

"답답하다, 이게 꿈이냐, 생시냐. 어찌해야 옳단 말이냐. 눈앞에 닥친 재앙이로다."

옹고집은 애통해하며 지난날을 후회했다.

"나는 죽어 마땅한 놈이네. 내 죄가 커서 이리 되었네. 늙은 우리 모친 다시 봉양하고, 어여쁜 우리 아내와 백년해로하려 했더니, 다 틀렸구나. 금쪽같은 내 새끼들 이제 못 보는가. 이게 꿈인가, 생시인가,

꿈이거든 깨거라."

옹고집이 가슴을 치며 우는 것을 보고 가짜 옹고집은 의기양양해서 흥얼거렸다.

"얼씨구나 좋을시고, 노래가 절로 난다."

가짜 옹고집은 그 앞에서 덩실덩실 춤을 추며 이리저리 맴돌더니 조롱하며 말했다.

"에라, 흉악한 놈. 하마터면 우리 고운 마누라 뺏길 뻔하였다."

가짜 옹고집이 집으로 돌아가 큰 소리로 부인을 찾았다.

"여보, 마누라, 나 왔소."

부인이 왈칵 뛰어와 가짜 옹고집의 손을 잡았다.

"승소하시었소?"

"허허, 그리되었소. 그새 편안히 있었는가? 세간은 고사하고 하마터면 자네를 빼앗길 뻔하였네. 사또가 지혜롭게 판결하여 자네 얼굴 다시 보니 이런 좋은 일 또 있을까. 불행 중 다행이로다."

그럭저럭 날이 저물어 가짜 옹고집이 옹고집의 부인을 데리고 원앙금침 펼쳐 놓고 동침하여 누웠으니, 부인이 잠깐 잠이 들어 꿈을 꾸었다.

"꿈을 꾸었습니다. 하늘에서 허수아비가 무수히 떨어져 내렸습니다."

꿈 이야기를 하자 가짜 옹고집이 말했다.

"그건 아마도 태몽인 듯하오. 꿈처럼 허수아비를 낳을 듯하니 두고 봅시다."

"말도 안 됩니다."

부인은 가짜 옹고집의 말을 가볍게 넘겼다. 그러나 얼마 후 부인은 정말 아이를 가졌다. 꿈을 꾼 후 열 달이 지나 해산할 때가 되었다. 개구리 해산하듯, 돼지 새끼 낳듯, 아기를 줄줄이 낳는데, 무려 네쌍 둥이가 태어났다.

"한 번에 이렇게 많은 아이를 낳았다는 말은 들어 본 적이 없습니 다."

"그래도 자식이 많으면 좋은 거 아니오?"

돌아온 옹고집

"아이고, 내 팔자야."

매를 맞아 쫓겨난 옹고집은 당장 갈 곳이 없었다. 사또가 다시는 옹당촌에 발길을 하지 말라고 했지만, 혹시나 하는 마음에 저녁 무렵 집 근처를 기웃거렸다. 마침 종이 보이기에 다가갔더니 썩 꺼지라고 욕을 하며 옹고집을 쫓아냈다. 서럽고 억울해도 어디 하소연할 데도 없었다. 옹고집은 친구의 집을 찾아가기로 했다.

"여보게, 날세. 자네는 나를 알아보겠지?"

그러나 친구도 이미 소문을 들은 터라 미친놈이라며 몽둥이를 들고 달려들었다. 결국 옹고집은 물설고 낯선 남의 동네를 찾아다니며 거리를 헤맸다. 낮이면 구걸을 하고, 밤이면 남의 집 처마 밑이나 빈 헛간에서 잠을 잤다.

"퉤, 아침부터 재수 없게 동냥질이야?"

옹고집은 구걸하러 다닌다는 이유로 손가락질당하고, 발길질에 채이고, 온몸은 상처투성이였다.

"내가 늙고 병든 어머니에게 불효하고, 사람들을 괴롭혀 이렇게 벌을 받는구나."

지난날의 잘못이 하나둘 떠오르자 하염없이 눈물이 쏟아졌다. 거지꼴이 되어 세상을 돌아다니다 보니 돈이 많다고 행복한 것이 아니라 서로 돕고 아껴 주며 사는 것이 행복이라는 걸 비로소 깨달았다.

옹고집은 하늘 아래 의지할 곳 없이 떠돌아다니는 신세가 되자, 대나무 지팡이와 짚신, 표주박 하나에만 의지해 산속으로 들어갔다. 높은 산 수많은 봉우리가 우뚝 솟아 있고, 첩첩이 깊은 골짜기뿐이었다. 인적은 없어 고요하고, 때마침 삼월이라 풍경은 아름답고 산새들은 쌍쌍이 날아다녔다. 옹고집은 더 이상 걷지 못하고 그 자리에 주저앉아 소리 내어 울었다.

"슬프고 원통하구나. 이렇게 살아서 무엇 하나, 차라리 죽는 게 낫지."

한참을 울다 고개를 드니, 눈앞에 백발노인이 서 있었다.

"당신은 누구시오?"

노인은 평범한 사람처럼 보이지 않았다.

"후회막급이로다. 누구를 원망하고 누구를 탓하겠느냐?"

옹고집은 노인이 자기를 두고 말한다는 걸 알 수 있었다. 옹고집은 그 자리에 무릎을 꿇고 사정했다.

"제발 살려 주십시오. 이놈의 죄를 생각하면 용서받지 못한다는 걸 알고 있습니다. 그러나 한 번만 기회를 주십시오. 늙은 모친, 아내와 자식들을 다시 보게 해 주십시오. 그러면 죽어도 여한이 없겠습니다."

노인이 호통을 쳤다.

"천지간에 몹쓸 놈아, 이래도 팔십 먹은 늙은 모친 냉돌방에 구박하고, 불도를 능멸하겠느냐?"

"아닙니다. 절대로 그런 못된 행동은 하지 않겠습니다. 맹세합니다."

옹고집은 엎드려서 손이 발이 되도록 빌었다.

"너 같은 몹쓸 놈은 응당 죽어야 마땅하나, 처지가 불쌍하니 이번엔 용서하겠다. 돌아가 새사람이 되기로 약속하겠느냐?"

"물론이지요. 다시는 나쁜 짓을 하지 않겠습니다."

노인은 옹고집에게 부적을 써 주며 말했다.

"이 부적을 몸에 붙이고 집에 돌아가면 괴이한 일이 있을 것이다."

노인은 이 말을 남기고 온데간데없이 사라졌다. 옹고집은 손에 부적을 쥐고 볼을 꼬집어 보았다.

"아얏, 꿈은 아니로구나."

옹고집은 기쁜 마음으로 집을 향해 걸었다. 오랜만에 마을로 돌아오니 가슴이 두근거리고 눈물이 핑 돌았다.

"꽃 피고 새가 노래하는구나. 우리 마을이 이렇게 아름다운 곳이었다니."

흐르는 눈물을 닦으며 제집 문 앞에 다다르니 크고 높은 집에 맑은 풍경 소리 여전했다. 옹고집은 조심스럽게 마당으로 들어섰다. 형형색색 고운 꽃들이 가득 피어 있었다.

'홍련화는 나를 보고 반기는 듯하구나. 영산홍아 잘 있었느냐, 자산홍아 무사하냐, 너희들이 이리 고운 줄 내 미처 몰랐구나.'

옹고집은 마당에 핀 꽃들을 보며 속으로 인사했다. 그때 부인이 나오다 옹고집과 눈이 딱 마주쳤다. 부인이 깜짝 놀라 가짜 옹고집을 불렀다.

"애고애고 좌수님, 저놈이 또 왔습니다. 어쩌면 좋습니까?"

부인의 놀란 소리에 종들이 달려왔다.

"강쇠야, 몽치야, 잘 있었느냐?"

강쇠, 몽치뿐만 아니라 부인도 그 자리에서 꼼짝을 못했다. 그러다

정신을 차린 부인이 뒷걸음질 쳐 사랑방으로 달려가 문을 열었다.

"좌수님, 가짜가 또 나타났다니까요."

방문을 열어젖히자 방에 있던 옹고집은 간데없고 짚 한 뭉치가 놓여 있었다.

"에구머니나!"

부인은 깜짝 놀라 자식들이 있는 곳으로 달려갔다. 그러나 글을 읽던 자식들도 모두 허수아비로 변해 있었다. 부인은 힘없이 털썩 주저앉고 말았다.

"이게 무슨 날벼락이란 말이냐?"

옹고집이 부인에게 말했다.

"부인, 그새 허수아비 자식을 저렇게 많이 낳았소?"

부인이 아무 말도 못 하고 방 안을 돌아다니며 가짜 옹고집의 자식을 살펴보니 이리 보아도 허수아비, 저리 보아도 허수아비가 분명했다.

"이게 다 어찌 된 일입니까?"

"내 악행 때문에 벌을 받은 것이오. 도승이 나를 가르치려 가짜를 만들었구려. 이제 나는 착하고 좋은 일만 하며 살 거라오."

"강쇠야, 돌쇠야, 가난한 이웃들에게 곡식을 나누어 주거라."

그 뒤로 옹고집은 늙은 어머니를 잘 봉양하며 성심껏 모시고, 어렵고 힘든 사람들을 도와주며 착하게 살았다.

옹고집전
부록

원전을 기본으로 하나 어려운 한자나 이해하기 힘든 부분은 풀어서 썼습니다. 또한 미루어 짐작할 수 있는 상황은 대화나 인물의 심리 상황을 추가해 고전에 쉽게 접근하도록 했습니다.

들어가기

장면1.

이것저것 널려 있는 방 안에서 여학생과 남학생이 물건을 찾고 있다.

여학생 : (지친 표정으로) 도대체 몇 시간째야?

남학생 : (여기저기 뒤적이며) 조금만 더 찾아보자. 그럼 나올 거야.

여학생 : (한숨을 쉬며) 그때그때 정리하면 편하잖아.

남학생 : 그래도 환경을 생각하면 버리지 않고 모아 두는 게 낫다고.

여학생 : 으이그, 쓸데없는 고집 부리지 마.

남학생 : (물건을 손에 들고) 드디어 찾았다!

여학생 : (고개를 절레절레 흔들며) 네 똥고집에 두 손 두 발 다 들었다.

장면2.

남학생 : 넌 고집이 나쁘다고 생각하는 거야?

여학생 : 고집을 부리다 보면 다툼이 생기는 경우가 많으니까.

남학생 : (고개를 갸웃거리며) 그럼, 옳은 일을 위해 고집을 부리는 것도 나쁘다는 거야?

여학생 : 그런 게 아니라, 좋은 고집을 본 적이 별로 없거든. 내가 알고 있는 옹고집도 완전 심술궂고 고집만 센 인물이야.

남학생 : (으스대며) 나도 옹고집 정도는 알고 있다고! 자기 재산을 다른 사람을 위해 나눠 준 인물이잖아.

여학생 : 뭐라고? 제대로 읽은 거 맞아?

남학생 : (머리를 긁적이며) 어렸을 때 그렇게 읽은 거 같은데.

장면3.

남학생 : (책을 펼쳐 보이며) 봐! 내가 한 말도 틀린 것만은 아니야.

여학생 : 오호, 상당히 학구적으로 변했네. 물론 나중에는 옹고집이 선행을 베풀게 되지.

남학생 : 〈옹고집전〉을 읽다 보니 자신의 행실을 돌아보지 못하는 옹고집이 안타깝더라고.

여학생 : (흐뭇한 표정으로) 너 오늘 굉장히 달라 보여. 다른 사람 같아.

남학생 : (환하게 웃으며) 나는 나답게 살기로 했어.

여학생 : 너답게 산다는 게 뭐야?

남학생 : 옹고집 삼행시로 내 생각을 말해 줄게.

옹 : 옹고집은 대단한 구두쇠로, 남을 도울 줄 모르는 사람 이었어.

고 : 고통받는 사람이나 다른 누구에게도 관심 없이 재 물만 챙겼어. 자기가 가진 재물로 떵떵거리며 살 았지.

집 : 집 떠나 고생하고 죄를 뉘우친 옹고집을 보며, 많이 나누면서 좋은 고집을 부리고 사는 게 행복이란 걸 배 웠어.

좋은 고집 부리며 살기, 이게 나답게 사는 거야.

여학생 : (엄지를 치켜들고) 멋지다. 응원할게.

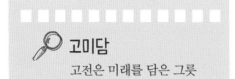

고전 소설 속으로

〈옹고집전〉은 판소리 열두 마당 중 하나였다. '옹고집 타령'으로 불리다가 판소리는 전승되지 않고 지금은 소설로만 전한다. 옹고집 전은 열한 편의 이본이 있다. 이본은 크게 세 부류로 나뉜다. 중을 학대하는 옹고집을 혼내기 위해 가짜 옹고집이 나타나 다투는 내용, 여기에 불효와 어머니의 탄식이 더해진 것 그리고 어머니 대신 장모를 박대하고 조강지처까지 쫓아내는 내용이 담긴 이본이 있다. 조선 후기는 새롭게 등장한 벼락부자들이 물질을 숭배하며 사회 질서를 어지럽혀 부작용이 나타나기도 했다. 〈옹고집전〉은 권세와 부를 감당하지 못하는 옹고집이라는 인물을 내세워 그 시대의 그늘을 보여 주고자 했다.

미리미리 알아 두면 좋은 상식들

• 옹고집과 비슷한 작품들

1) 장자못 전설

어느 마을에 장자(아주 큰 부자)가 살고 있었다. 부자는 재산이 많았지만 무척 인색한 사람이었다. 하루는 스님이 시주를 청하러 왔는데 스님의 바랑에 쌀 대신 쇠똥을 가득 넣어 주었다. 이것을 본 며느리가 시아버지 몰래 시주를 했다. 스님은 며느리에게 곧 큰비가 내릴 것이니 산으로 피하라고 했다. 며느리는 아이를 업고 산으로 피하는데 천지가 진동하는 소리가 들렸다. 며느리는 집에 있는 시아버지가 걱정되어 절대로 뒤돌아보지 말라는 스님의 말을 어기고 뒤를 돌아보고 말았다. 그러자 며느리와 아이는 돌로 변하고, 집이 있던 자리에는 큰 연못이 생겼다.

2) 김·경 쟁주 설화

고려 시대에 경 씨라는 부자가 살았다. 경 씨는 집에 시주하러 온 스님에게 똥을 가득 담아 주었다. 스님은 경 씨의 옆집에 사는 김대운이란 사람에게도 시주를 받으러 갔는데, 김대운은 스님을 정성껏 대접했다. 스님은 김 씨에게 볏짚을 달라고 하더니 밤이 되자 떠났다. 스님이 떠난 방에는 볏짚으로 만든 노인이 있었고, 그 노인은 김 씨에게 은 백 냥을 주어 김 씨는 부자가 되었다. 이 소식을 들은 경 씨는 스님이 오기를 기다려 자기도 부자가 되게 해 달라고 했다. 스님은 이번에도 볏짚을 달라고 했다. 경 씨가 스님이 머물던 방에 들어가자 경 씨와 똑같이 생긴 가짜 경 씨가 있었다. 가짜 경 씨는 진짜를 쫓아내고 어려운 사람들을 도와주었다. 나중에 스님이 나타나 가짜 경 씨를 건드리자 볏짚으로 변했다.

3) 일리샤 장로 본생담 (인도의 불전 설화)

일리샤는 부자였지만 베풀 줄 모르는 구두쇠였다. 제석천왕(불교에서 불법을 지키는 수호신)이 된 일리샤의 아버지는 아들의 성격을 고치기 위해 아들로 변신해 인간 세상으로 내려왔다. 가짜 일리샤는 가난한 사람들에게 재물을 나누어 주었다. 이 사실을 알게 된 일리샤가 재물을 나눠 주지 못하게 막으려고 했다. 그러자 가족들이 일리샤를 때리며 막았다. 일리샤는 왕을 찾아가 억울함을 풀어 달라고 했으나 왕은 누가 진짜인지 가려낼 수가 없었다. 결국 제석천왕이 나타나 일리샤에게 잘못을 깨닫지 않으면 재산을 빼앗고 죽이겠다고 꾸짖었다. 일리샤는 잘못을 뉘우치고 선행을 베풀다 하늘나라로 갔다.

담고 싶은 이야기

〈옹고집전〉은 남에게 악행을 저지르는 진짜 옹고집을 가짜 옹고집이 혼내 주는 이야기다. 판소리로 불리고, 설화와 소설로도 널리 알려진 작품으로 진짜와 가짜를 구분하는 기준이 무엇인지를 고민하게 한다. 단순히 권선징악만을 다룬 작품이 아니라, 조선 후기의 어지러운 사회 모습을 담고 있다는 데 의의가 있다. 돈과 재물이 전부라고 여기던 옹고집이 선행을 베풀며 다른 사람과 더불어 살아가는 모습은 우리에게도 큰 교훈을 준다.

고미답
고전은 미래의 답이다

고민해 볼까?

〈옹고집전〉은 풍자 소설이다. 풍자란 현실의 부정적 현상이나 모순 따위를 빗대어 비웃는 것을 말한다. 이 작품은 자기 욕심만 채우려는 옹고집을 통해 화폐 경제 사회로 바뀌면서 등장한 부자와 그에 따른 문제를 조명했다. 옹고집은 자기가 진짜임을 증명해야 하는데, 호적이며 세간이며 제대로 아는 것이 없다. 진짜와 가짜를 구분하는 중요한 요소로 세간을 열거하는 장면이 나오는데, 과연 재산이 진짜와 가짜의 기준이 될 수 있는지는 고민해 볼 필요가 있다.

또한 유교 중심 사회에서 나타난 불교에 대한 부정적인 인식도 찾아볼 수 있다. 옹고집이 벌을 받은 까닭 중 하나는 스님에게 악행을 저지르고, 불도를 능멸했기 때문이다. 부지런히 일해서 돈을 번 부자들은 일하지 않고 시주를 받으러 다니는 스님들을 좋게 보지 않았을 것이다. 옹고집의 잘못을 도술로 바로잡아 새사람이 되게 한다는 내용의 〈옹고집전〉은 불교에 대한 당시의 편견을 없애려는 의도로도

창작되었을 것이다.

미처 생각하지 못한 질문

1. 옹고집은 다른 사람에게 자기 것을 베풀 줄 모르는 구두쇠이며, 심술궂고 고집 센 인물이다. 옹고집이 이런 성격을 갖게 된 배경은 무엇이었을지 생각해 보자.

2. 학 대사는 도술로 옹고집의 못된 행동을 단번에 고칠 수도 있었다. 그럼에도 짚단을 이용해 가짜 옹고집을 만들고, 고난을 통해 죄를 뉘우치도록 했다. 잘못을 저지른 사람을 반성하게 만들 바람직한 방법은 무엇일까?

3. 우리 주변이나 문학 작품 속에 잘못을 뉘우치기 전의 옹고집과 닮은 사람이 있다면 누구인지 꼽아 보고, 그렇게 생각하는 이유를 말해 보자.

답을 찾아 한 걸음씩 나아가기

〈옹고집전〉은 가짜를 이용해서 진짜를 혼내 주는 이야기다. 내가 진짜라는 것을 알리기 위해서는 내가 잘하는 '나만의 무기'가 필요하다. 남들과는 다른 나만의 정체성과 장점을 갖기 위한 방법은 무엇일까?

• **나만의 무기(장점)를 만드는 방법은 무엇일까?**

1. 내가 좋아하는 것, 잘하는 것은 무엇인가?

2. 부족하지만 잘하고 싶은 것은 무엇인가?

3. 내가 가장 하고 싶은 것은 무엇인가? 그것을 위해 내가 개선해야

   할 점은 무엇인가?

양반전

가난한 양반

강원도 정선 고을에 한 양반이 살았다. 그는 어진 성품을 가진 사람이었다. 그리고 글 읽기를 좋아해서 그의 집에서는 항상 글 읽는 소리가 들렸다. 새벽이 밝아 오자 양반은 세수를 하고 옷차림을 단정히 한 후 낭랑한 소리로 글을 읽기 시작했다. 새벽부터 들려오는 글 읽는 소리는 밤늦도록 이어졌다. 하루 종일 글만 읽는 양반의 집은 무척 가난했다. 글만 읽어도 밥을 먹고 살 수 있다면 걱정이 없겠지만 현실은 달랐다. 그러다 보니 먹고살 걱정은 오롯이 아내의 몫이었다.

"오늘 끼니는 어떻게 하나?"

아내의 얼굴에 수심이 가득했다. 이리저리 살펴봐도 쌀독은 쌀 한 톨 없이 텅 비어 있었다. 양반은 이런 사정을 아는지 모르는지 연신 책만 펴고 앉아 글을 읽었다.

"언제까지 저렇게 글만 읽으려는지. 책에서 쌀이 나오는 것도 아닌데."

아내의 한숨은 더욱 깊어졌다.

양반은 가난했지만 학식이 뛰어났다. 그래서 그가 사는 고을에 군수가 새로 부임할 때마다 반드시 양반의 집을 찾아가서 경의를 표하였다.

"선생 계시오? 이번에 새로 부임한 군수라오."

글을 읽던 양반은 군수가 찾아왔다는 말을 듣고 서둘러 나와 맞이했다.

"아이고, 이런 누추한 곳까지 찾아와 주시고 몸 둘 바를 모르겠습니다."

"소문은 익히 들어서 잘 알고 있소이다. 모두들 선생이야말로 진정한 양반이라 하더이다."

"아이고, 괜한 소문이지요."

양반은 군수의 칭찬이 싫지는 않았지만 대놓고 잘난 체할 수는 없었다.

"책을 손에서 놓지 않으신다 하더니 소문이 사실이었구려."

양반의 책상 위에는 읽다 만 책이 놓여 있었다.

"과찬이십니다."

그러나 양반의 집은 말할 것도 없거니와 옷차림도 매우 초라했다. 군수는 양반의 모습을 보니 안타까운 마음이 들었다.

'쯧쯧, 학식이 뛰어난 선비가 사는 모양은 형편없군.'

그러나 달리 도울 수 있는 일이 없었다. 양반은 살림이 가난해서 해마다 관청에서 환곡(나라에서 백성들에게 봄에 식량을 꾸어 주고 가을에 이자를 붙여 거두던 곡식)을 타다 먹었다. 그렇게 한 해, 두 해 시간이 지나다 보니, 갚아야 할 환곡이 천 석이나 되었다.

"오늘 당장 먹을 양식이 하나도 없습니다."

아내가 걱정스럽게 말하자 양반은 별일 아니라는 듯 대답했다.

"관청에서 꾸어 오면 되지 않소?"

아내는 화를 참으며 말했다.

"지금까지 빌어다 먹은 환곡이 얼마나 되는지나 아십니까?"

"얼마나 되오?"

"천 석이나 됩니다. 하루 이틀도 아니고 또 어떻게 꾸어 온단 말입니까?"

도대체 환곡을 언제 어떻게 갚을 거냐는 말이 목구멍까지 차올랐지만 아내는 꾹 참았다.

어느 날 관찰사가 여러 고을을 돌아다니다가 강원도 정선에 머물게 되었다. 관찰사는 군수가 제대로 고을 일을 잘하고 있는지 관리하는 사람이었다.

"출납 장부를 보여 주시오."

관찰사는 관청의 장부를 꼼꼼히 검사했다. 장부를 살펴보던 관찰사는 유심히 한곳을 살피고는 표정이 일그러졌다. 그러더니 관찰사는 관청 쌀의 출납을 검사하다가 버럭 화를 냈다.

"도대체 어떤 놈이냐, 관청의 쌀을 이렇게나 많이 축낸 놈이?"

관찰사가 노발대발하자 군수가 얼버무렸다.

"저 그것이, 사실은……."

군수는 가난한 양반의 모습이 떠올라 변명을 하려고 했다.

"이 고을에 사는 가난한 양반이온데, 학식이 매우 높고……."

"당장 이놈을 잡아들여라."

군수의 말이 다 끝나기도 전에 관찰사의 불호령이 떨어졌다. 군수는 양반이 천 석이나 되는 환곡을 갚을 길이 없다는 것을 알기에 애가 탔다.

'이를 어쩐다? 가둘 수도 없고, 그렇다고 가두지 않을 수도 없고.'

군수는 양반에게 사람을 보내 이 사실을 알렸다.

"아이고, 꼼짝없이 옥에 갇히게 되었구려."

양반은 글도 읽지 못하고 하루 종일 한숨만 내쉬었다.

"서방님, 이 일을 어찌하면 좋단 말입니까?"

답답하기는 양반의 아내도 마찬가지였다.

밤낮으로 고민을 해도 이 일을 해결할 뾰족한 방법이 나오지 않았다. 훌쩍거리면서 걱정만 하고 있는 양반을 보자 아내는 참았던 화가 터지고 말았다.

"쯧쯧, 평생 글 읽기만 좋아하더니 이리되었네요. 글공부가 환곡을 갚는 데는 아무런 도움이 되지 못하는군요. 양반, 양반 하더니 그놈의 양반, 한 푼어치도 못 되는 것을."

양반이 된 부자

"그 양반, 안됐지 뭐야. 환곡을 갚지 못하면 옥에 갇히고 말 텐데."

"빌렸으면 갚아야지, 무슨 배짱이란 말인가."

"양반도 별수 없구먼. 차라리 우리처럼 속 편한 게 백번 나아."

"그럼, 그렇고 말고."

마을 사람들은 수군거리며 양반 이야기를 했다. 양반을 불쌍히 여기는 사람도 있었고, 무시하는 사람도 있었다.

어느 날, 그 마을에 사는 부자가 양반의 소문을 듣게 되었다. 하루는 부자가 가족들을 불러 놓고 말했다.

"모두 양반의 소문은 들어서 알고 있겠지?"

"네, 저도 들었어요. 빚을 못 갚으면 평생 옥에서 살지도 모른다던데요."

부자의 아내가 대답했다.

"그래서 내가 생각해 봤는데, 우리가 그 빚을 대신 갚아 주면 어떨까?"

"빚을 대신 갚다니요?"

"자네나 나나 천한 신분에 얼마나 기가 죽어 살았소?"

"그건 그렇지요. 양반은 가난해도 귀한 대접을 받지만 우리는 그렇지 못하니까요."

"맞소. 우리는 부자가 되었어도 여전히 천한 대접을 받지 않소. 감히 말을 탈 수도 없고, 양반만 보면 저절로 기가 죽어서 굽실거리고 엉금엉금 기어서 뜰 밑에 나아가 절해야 하지. 돈이 많아도 줄곧 이렇게 창피를 당해야 하다니. 마침 그 양반이 가난해서 환곡을 갚지 못해 몹시 곤란한 모양이야. 양반이라는 신분도 지닐 수 없는 형편이니……. 그러니 얘기해서 내가 그것을 사서 가져야겠어."

"그거 좋은 생각이에요. 그럼 우리도 양반이 되는 거지요?"

아내는 양반이 된다는 생각만으로도 신이 나서 어깨춤을 출 지경이었다.

"내가 지금 당장 그 양반을 만나러 가야겠소."

부자는 양반의 집으로 찾아갔다.

"안에 계십니까?"

환곡을 어찌 갚아야 할지 몰라 한숨만 쉬고 있던 양반은 부자의 목소리에 문을 열어 주었다.

"누구시오?"

"드릴 말씀이 있어서 찾아왔습니다. 실은 양반께서 환곡 빚을 갚지 못해 어려움에 처했다는 얘기를 들었는데, 제가 그 빚을 대신 갚아 드리면 어떨까요?"

부자의 얘기를 들은 양반은 이게 꿈인가, 생시인가 하며 말했다.

"지금 빚을 갚아 준다 하였소?"

"예, 제가 그 빚을 갚아 드리겠습니다. 그러나 조건이 있습니다."

"조건이라니요?"

"제게 양반 신분을 파십시오."

부자는 이렇게 말하며 혹시나 하는 마음에 양반의 눈치를 살폈다. 그러자 양반은 몹시 기뻐하면서 그러겠노라고 대답했다. 부자는 곧바로 곡식을 관청에 보내 양반의 빚을 갚았다.

"양반이 빚을 다 갚았다는 게 정말이냐?"

군수는 보고를 받으면서도 의아했다.

'천 석이나 되는 많은 빚을 하루아침에 갚다니, 아무래도 이상한걸.'

군수는 직접 양반을 찾아가 자초지종을 듣기로 했다.

"안에 계십니까?"

"아이고, 나리께서 어찌 쇤네의 집까지 오셨습니까?"

양반은 벙거지를 쓰고 베잠방이를 입은 채 땅바닥에 납작 엎드려 감히 군수를 올려다보지 못하였다. 군수가 깜짝 놀라 양반을 부축했다.

"왜 이러십니까? 어찌하여 바닥에 엎드려 절을 하시는지요?"

"황송하옵니다."

양반은 더욱 어쩔 줄 몰라 하며 머리를 조아렸다.

"쇤네는 이제 양반이 아니옵니다. 빚을 갚을 방법이 없어서 양반 신분을 팔았습니다."

양반 신분을 팔았다는 말에 군수는 깜짝 놀랐다.

"마을의 부자가 제게 양반 신분을 사 갔습니다. 그러니 쇤네가 어찌 나리를 옛날처럼 대하겠습니까?"

군수가 그 말을 듣고 부자를 칭찬했다.

"부자가 진정 군자요, 양반이로구나. 재물을 아끼지 않고 베풀었으니 정의롭고, 남의 어려운 사정을 모른 체하지 않고 돌보아 주니 어질구나. 낮은 신분을 싫어하고 높은 자리를 바라니 슬기롭기까지 하다. 이런 마음을 가진 사람이야말로 진짜 양반이로다."

"아무렴요, 부자 양반이 얼마나 고마운지 모릅니다."

이제는 천한 신분이 된 양반이 절을 하며 맞장구를 쳤다. 군수는 잠시 고민했다.

'그러나 훗날 소송의 빌미가 생길 수 있겠다. 마을 사람들을 모아 놓고 증인을 세운 뒤에 증서를 만들고, 군수인 내가 직접 서명해서 확실하게 해야겠구나.'

군수는 곧 동헌(지방 관청의 행정 업무를 처리하던 곳)으로 돌아와서 온 고을 양반과 농민, 공장(수공업에 종사하던 장인), 장사치까지 모두 불러 모았다. 군수는 부자를 향소(지방의 수령을 보좌하던 자문 기관)의 오른쪽에 앉히고 양반은 공형(각 고을의 세 구실아치) 아래 세운 뒤 바로 증서를 제작하였다. 동헌은 모인 사람들 때문에 시끌벅적했다.

"무슨 일 때문에 부른 거야?"

"나도 잘 모르겠네. 들어 보면 알겠지."

여기저기 웅성거리던 소리가 잠잠해지자 군수가 호장(관아의 벼슬 아치 밑에서 일을 보던 우두머리)에게 증서를 읽으라고 명령했다.

"모두 잘 들으시오."

호장이 군수의 명에 따라 증서를 읽기 시작했다.

기가 막힌 양반 증서

"건륭(청나라 고종의 연호) 10년(영조 21년, 1745년) 9월 어느 날, 아래와 같이 문서를 작성한다. 양반이 된 부자는 잘 듣거라. 관청에 빚을 지어 갚을 길이 없던 양반이 자신의 양반 신분을 팔아서 관청의 곡식을 갚은 일이 생겼다. 양반이 빚진 곡식이 자그마치 천 석이나 된다. 이 문서는 부자가 양반의 빚을 대신 갚아 주고 양반을 사고판 것을 증명하는 것이다."

호장이 계속 읽어 나갔다.

"양반을 일컫는 말엔 여러 가지가 있다. 글만 읽으면 '선비'라 하고, 벼슬을 하면 '대부'라 하고, 덕이 있으면 '군자'라고 한다. 무관은 임금이 나라의 정치를 신하들과 의논하거나 집행하는 곳에서 서쪽에

서고, 문관은 동쪽에 서며, 이 둘을 합해 '양반'이라고 한다."

'양반이면 다 양반이지, 뭐가 이렇게 복잡해?'

문서의 내용을 듣고 있던 부자는 벌써 피곤함이 밀려왔다.

"이중에서 그대가 원하는 대로 살 수 있다. 오늘부터는 예절에 어긋나는 이전의 습관을 과감히 끊어 버리고 고상하게 행동해야 한다."

'오호라, 이제 양반이 하는 일을 말해 주려나 보다.'

부자는 잘 듣기 위해 귀를 기울였다.

"날마다 오경(새벽 3시부터 5시)이 되면 일어나서 등불을 켜고, 정신을 가다듬어 눈은 코끝을 내려다보고, 두 발뒤꿈치를 한데 모아 엉덩이를 받친 뒤, 〈동래박의〉(중국 남송의 여조겸이 〈춘추좌씨전〉에 대하여 풀이한 책)처럼 어려운 글을 얼음 위에 박 굴리듯이 유창하게 외워야 한다. 배가 고파도 참고 추위를 견뎌야 하며, 가난하다는 말을 하지 않아야 한다."

'아침에 일어나 매일 책을 읽어야 한다고? 동래박의는 또 뭐야? 한 자도 알지 못하는 나더러 글을 어떻게 읽으란 말이야? 배고파도 참고, 가난해도 아무런 말도 하지 말란 말이야?'

부자는 호장이 읽어 주는 문서의 내용이 몹시 불편하고 어려웠다. 그래도 좋은 말이 있을지 모르니 계속 들어 보기로 했다.

"양반은 윗니와 아랫니를 여러 번 마주치고 손가락으로 뒤통수를 두드린다. 입안에 침을 모아 한꺼번에 삼키고, 털 감투를 쓸 때는 소맷자락으로 문질러서 털어야 하며, 물결이 치는 듯해야 한다. 세수할 때는 주먹의 때를 밀지 말고, 양치질을 해서 입 냄새가 나지 않아야 한다. 하인을 부를 때는 '아무개야' 하고 목소리를 길게 뽑아야 하고, 걸음은 느릿느릿 뒤축을 끌며 걸어야 한다. 〈고문진보〉(송나라 말에 황견이 주나라 때부터 송나라 때까지의 시가와 산문을 모아 엮은 책)나 〈당시품휘〉(명나라의 고병이 당나라의 시를 모아 엮은 책) 같은 책들을 깨알같이 가늘게 베껴서 한 줄에 백 자씩 써야 한다.

손에 돈을 쥐고 다니지 말고, 쌀값을 물어서도 안 된다. 날씨가 아무리 더워도 버선을 벗지 않아야 하고, 밥을 먹을 때도 맨상투 바람으로 먹으면 안 되고, 국물부터 먼저 마시지 말고, 마시더라도 훌쩍거리는 소리를 내면 안 된다. 젓가락을 내려놓을 때도 밥상을 찧어 소리 내지 말고, 생파를 먹지 않는다. 막걸리를 마신 뒤에 술이 수염에 묻어도 수염을 빨지 말고, 담배를 피울 때도 볼이 오목 파이도록 빨지 말아야 한다. 아무리 억울해도 아내를 때리지 말고, 화가 나도 그릇을 차지 말아야 한다. 주먹으로 아이들을 때리지 말고, 종들이 잘못하더라도 '죽일 놈'이라는 말은 하지 말아야 한다. 말이나 소를 꾸짖을 때도 팔아먹은 주인을 욕하지 말아야 한다. 병이 있어도 무당을 부르지 말고, 제사 지내면서 중을 불러다 불공을 올리지 말아야 한다. 춥다고 화롯불에 손을 쬐지 말고, 말할 때 침이 튀지 않아야 한

다. 소를 잡아먹지 않고, 노름도 하지 말아야 한다.

이렇게 여러 가지 지켜야 할 것 중에 부자가 한 가지라도 어길 시, 양반은 이 증서를 가지고 와서 송사(분쟁이 있을 때 관청에 호소해 판결을 구하는 일)하여 바로잡을 수 있다."

이렇게 쓰고 정선 군수가 화압(오늘날의 서명과 같은 표식)을 하고, 좌수와 별감이 모두 서명을 했다. 그러자 통인(조선 시대 수령의 잔심부름을 하던 사람)이 여기저기 탕탕 도장을 찍었다. 도장 찍는 소리가 마치 큰북 치는 소리 같았고, 찍어 놓은 모습은 북두칠성이 세로로 놓이고, 삼성이 가로로 놓인 것 같았다. 호장이 양반 증서를 다 읽었는데도 부자는 한참이나 멍하게 있었다. 부자는 겨우 정신을 차리고는 말했다.

"잠깐만요. 양반이 하는 일이 겨우 요것밖에 안 된단 말입니까? 지금껏 양반은 신선과 같다고 들었습니다. 양반이 하는 일이 이것뿐이라면 너무 억울합니다. 괜히 그 많은 곡식만 빼앗긴 셈이지요. 좀 더 이익이 되게 고쳐 주십시오."

부자는 자기가 생각하던 양반의 모습과 문서에 적힌 내용이 너무 달라 실망이 컸다. 천 석이나 되는 빚을 갚아 주고 얻은 양반 신분이 너무 어렵고 보잘것없어 보였다.

군수는 부자가 부탁하자 내용을 고쳐서 다시 증서를 만들었다.

"하늘이 백성을 낳으실 때, 네 종류로 나누셨다. 이중 가장 귀한 사람이 선비이고, 이 선비를 양반이라고 한다. 이 세상에서 양반보다 더 좋은 것은 없다. 그들은 농사를 짓지 않고 장사를 하지도 않는다. 그저 옛글이나 역사를 조금만 알면 과거를 치를 수 있다. 과거에 급제해 크게 되면 문과요, 작게 되더라도 진사다. 과거에 급제한 사람이 받는 홍패(대과에 급제한 사람에게 주는 합격 증서)는 길이가 두 자도 못 되지만, 그것만 있으면 온갖 좋은 것을 누릴 수 있으니 돈 자루나 마찬가지다. 진사는 나이 서른에 첫 벼슬을 하더라도 이름이 나고, 권세 있는 사람들에게 아첨하여 잘 보이면 수령 노릇을 할 수 있다. 그리되면 귓바퀴는 일산(햇빛을 가리는 큰 양산) 덕분에 하얘지고, 배는 동헌 사령(관청에서 심부름하던 사람)들의 '예이!' 하는 소리에 살찌게 된다. 방 안에는 기생을 데려다 놓고, 뜰 앞에 곡식을 쌓아 학을 기를 수 있다.

만약 가난한 선비로 시골에 살더라도 마음대로 행동할 수 있다. 이웃집 소를 끌어다가 내 밭을 먼저 갈고, 동네 농민을 데려다가 내 밭을 김매게 할 수 있다. 누구도 감히 양반을 업신여기거나 하찮게 대할 수 없다. 누군가 양반을 업신여길 때는 그놈을 잡아다가 코에 잿물을 붓고 상투를 잡아매고 수염을 뽑더라도 감히 원망조차 못 할 것이다."

양반이 아니라 도둑일세

"그만두시오!"

새로 쓴 증서를 듣고 있던 부자가 갑자기 소리를 질렀다.

"지금 그게 무슨 말이오?"

부자는 기가 막혀 더 이상 물어볼 기운도 없었다,

"마음에 안 드는 것이냐?"

군수가 부자를 보며 말했다. 부자가 군수의 얼굴을 빤히 쳐다보며 말했다.

"참으로 맹랑합니다. 당신네들이 나를 도둑놈으로 만들 작정이오?"

부자는 머리를 흔들면서 뒤도 안 돌아보고 달아났다. 그 후부터 죽을 때까지 그는 '양반'이란 소리를 입 밖에 내지 않았다.

양반전
부록

원전을 기본으로 하나 어려운 한자나 이해하기 힘든 부분은 풀어서 썼습니다. 또한 미루어 짐작할 수 있는 상황은 대화나 인물의 심리 상황을 추가해 고전에 쉽게 접근하도록 했습니다.

들어가기

장면1.

남학생 : (거드름을 피우며) 에헴, 이리 오너라.

여학생 : (허리를 굽히며) 예, 나리! 무슨 일이십니까?

남학생 : 내가 지금 몹시 배가 고프니 먹을 것을 가져오너라.

여학생 : 예, 여기 있습니다. 맛있게 드시지요.

남학생 : (하품을 하며) 먹고 나니 졸리구나. 쉬고 있을 테니 깨우지 마라.

여학생 : (남학생의 머리를 쥐어박으며) 이제 그만해.

장면2.

남학생 : 난 조선 시대에 태어났으면 좋았을 텐데.

여학생 : 갑자기 그게 무슨 말이야?

남학생 : (어깨에 잔뜩 힘을 주며) 내가 이래 봬도 뼈대 있는 양반집 후손이라고.

여학생: (콧방귀를 뀌며) 호랑이 담배 피우던 시절 얘기할래?

남학생: 조선 시대는 양반 사회였으니까 양반으로 태어난 사람
들은 좋았을 거야. 그렇지 않은 사람들은 불만이 많았겠
지?

여학생: 맞아. 그래서 조선 후기에 이르러서는 돈을 벌어 양반
신분을 사기도 했대.

남학생: 신분을 사고팔았단 말이야?

여학생: (약을 올리며) 뼈대 있는 너희 집안도 그랬을지 모르지.

장면3.

선생님이 '연예인 노예 계약'에 관한 기사를 읽어 준다.

선생님: (고개를 절레절레 흔들며) 연예인들은 정말 힘들겠다.

여학생: (고개를 끄덕이며) 맞아요. 제 사촌 언니도 데뷔하려다가
포기했어요.

남학생: 왜? 뜨기만 하면 완전 신분 상승이잖아.

여학생: 그래도 다이어트, 노래, 춤…….
해야 할 게 너무 많잖아.

선생님: 그리고 계약을 어기면 불이익도 많다고 들었어. 신분 이
야기 하니까 〈양반전〉이 생각나네.

남학생: 저도 〈양반전〉은 읽어 봤어요.

양 : 양반들에게 무시당하던 돈 많은 부자는

반 : 반드시 양반이 되고 싶었어요. 그래서 양반 신분을 사
    지만 결국

전 : 전 재산과 바꾼 양반 신분을 버리는 이야기예요.

여학생 : 제법이네!

고미담

고전은 미래를 담은 그릇

고전 소설 속으로

〈양반전〉에는 조선 후기 사회 모습이 잘 반영되어 있다. 지위가
낮은 평민들의 현실적인 삶을 통해 무능한 양반의 모습을 잘 보여
준다. 신분 차별을 받던 사람들은 경제적으로 부를 얻게 되자 신분
상승을 꿈꿨다. 이 작품에서도 부자는 양반의 빚을 갚아 주고 양반
신분을 산다. 부자는 양반이 신선과 같다고 생각했으나 진짜 양반의
모습은 매우 달랐다. 결국 부자는 양반이 되는 것을 포기하고 죽을
때까지 양반이라는 말을 꺼내지도 않는다. 이 이야기는 참다운 양반
의 모습이 무엇인지 생각하게 한다.

• 조선 시대의 실학자

1) 박지원(1737~1805)

박지원은 집안 대대로 이름난 선비가 많은 반남 박씨 가문에서 태어났다. 초시에서 일 등을 두 번이나 할 정도로 영민했지만, 자신의 이익이나 집안을 위해 출세하는 것은 부끄러운 일이라고 생각했다. 박지원은 출세를 포기하는 대신 많은 책을 읽고 마음 맞는 학자들과 교류하는 것을 좋아했다. 박지원은 〈호질〉, 〈양반전〉, 〈허생전〉 등의 여러 소설을 통해 무능한 양반과 현실을 비판하는 글을 남겼다.

2) 유형원(1622~1673)

조선 중기의 실학자다. 모든 토지를 나라가 갖고 신분에 따라 재분배해야 한다는 균전제를 주장했다. 소수에게 토지가 집중되는 것을 막아야 한다고 생각했기 때문이다. 유형원은 당시의 폐단을 바로잡으려고 애쓴 사람 중 하나다. 조선 후기 국가 개혁안의 교과서라 평가받는 〈반계수록〉을 썼다.

3) 홍대용(1731~1783)

호는 담헌이며, 18세기 최고의 과학 사상가였다. 지구의 자전설을 주장했으며, 천체의 운행과 위치를 관측하는 혼천의를 만들었다. 그가 쓴 문집 〈담헌서〉는 18세기 이후 실학이 전개되는 방향을 알 수 있는 중요한 자료이다. 사람들이 박지원을 비난할 때도 편지를 주고 받으며 우정을 이어 갔고, 박지원이 중국을 여행할 때 소개장을 써 주기도 했다. 홍대용은 당쟁 때문에 박지원이 피신해 있을 때 소, 농기구, 공책, 돈을 보내며 위로했다. 박지원에게 책을 써서 후대에 전하라는 당부도 했다고 한다. 홍대용이 죽었을 때 박지원은 장례를 치러 주고, 집에 있던 악기를 버리고 풍류를 즐기지 않았다고 한다.

4) 박제가(1750~1805)

박지원보다 열세 살이 어린 박제가는 박지원을 스승처럼 존경하며 따랐다. 이덕무와 함께 청나라에 갔다가 청나라의 발전된 문화에 놀라 신문물을 받아들여야 한다고 주장했다. 생산 기술과 도구의 필요성을 느껴 청나라처럼 도로를 정비하고 수레를 사용해야 한다고 주장했다. 청나라에서 돌아온 후 보고 들은 것을 정리해서 〈북학의〉를 썼다.

• 조선 후기 양반의 모습은 어떠했나?

조선 후기가 되면서 양반들은 위기를 맞는다. 권력을 독점하는 세도 정치가 시작되면서 권력은 몇몇 소수 가문에만 집중된다. 관직의 수가 한정되어 있어서 벼슬을 할 수 있는 처지도 못 되었다. 그러다

보니 벼슬하지 못하는 양반들이 늘어나고, 그런 양반들은 설 곳이 없었다. 양반도 재물이나 지위에 따라 형편이 무척 달랐다. 가진 것 없이 무늬만 양반인 경우도 많았는데, 이렇듯 몰락한 양반을 '잔반'이라고 불렀다. 잔반의 경제 상황은 농민이나 천민과 비슷했다. 〈양반전〉에서 그린 인물도 이런 처지의 양반이다.

반대로 신분 상승을 꾀하는 서얼이나 중인들이 나타났다. 이들은 법적으로 양반 신분을 인정받았다. 조선 후기에는 상업과 수공업도 활기를 띠어 평민이나 중인 중에서 양반보다 돈이 많은 부자들이 생겼다. 이들은 경제적으로는 부러울 게 없었지만 차별을 받았기 때문에 신분 상승이 필요했다. 그래서 곡식을 받고 벼슬을 팔거나 천민의 신분을 면해 주는 제도를 통해 호적을 바꾸거나 몰래 양반 족보를 사기도 했다. 그러다 보니 조선 후기에는 백성 열 명 중 일고여덟이 양반이었다.

담고 싶은 이야기

박지원은 〈양반전〉에서 양반 증서라는 장치를 통해 조선 사회를 풍자한다. 첫 번째 증서에는 양반이 지켜야 할 것이 쓰여 있다. 글만 읽어야 하는 선비의 모습은 부자가 보기에는 쓸데없는 겉치레였다.

두 번째 증서는 부자의 부탁으로 고쳐 쓴 것이다. 벼슬아치 양반의 권리를 적은 것인데, 불공평한 악습이 많아 도적의 행실과 다름없다고 주인공의 말을 빌려 지적한다. 이처럼 〈양반전〉에서 양반은 백성과 사회를 이롭게 하지 못하는 쓸모없는 존재로 그려진다.

〈양반전〉의 줄거리만 본다면 덕망 있는 가난한 선비가 양반 신분을 빼앗길 뻔하다가, 군수의 재치로 위기를 넘기는 이야기로 풀이할 수 있다. 그러나 작가 박지원의 시선에서 한 발짝 깊이 들어가 보면, 양반이 세상의 흐름을 모르고 글만 읽다가는 봉변을 당할 수 있으며, 높은 신분을 악용하여 백성을 착취하지 말고 도리어 사회에 기여해야 한다는 교훈을 발견할 수 있다.

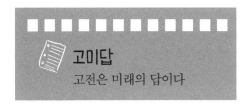

고미답
고전은 미래의 답이다

고민해 볼까?

〈양반전〉에 등장하는 양반은 글 읽는 것을 좋아하는 덕망 있는 선비였다. 그는 생업은 뒤로하고 양반다운 고상한 품위와 글 읽기만을 성실히 하다가 관청에 빚만 잔뜩 지게 되었다. 관찰사에게 딜미가 잡힌 양반은 나라의 군량미를 축낸 죄인이 되었다. 그리하여 빚을 갚지 못하면 옥살이를 해야 하는 처지에 놓이고 만다.

한편, 이를 알게 된 한 부자가 양반의 빚을 대신 갚아 준다. 부자는 돈은 많으나 미천한 신분 때문에 평생 차별을 받으며 살아왔다. 그간의 설움을 씻기 위해 흔쾌히 양반 신분을 산 부자는 군수에게 받은 양반 증서로 인해 오히려 혹 하나를 더 붙인 꼴이 되어 버렸다. 양반 증서에는 어려운 말과 지켜야 할 행동들, 쓸데없는 허세만 가득 적혀 있었고, 그것이 양반의 도리라고 못 박아 두었다. 부자는 기가 막히고 어이가 없어서 자신에게 득이 되게 고쳐 달라고 청했다. 그러나 고친 양반 증서는 더욱 한심했다. 양반은 남에게 궂은일을 넘기고 체면만 차리며 대낮에 코 베어 가는 날강도나 다름없었다. 양반을 부러워하던 부자는 빛 좋은 개살구에 불과한 양반 신분을 사기 위해 아까운 재산을 날렸다는 것을 깨닫는다. 결국 무능한 양반은 천 석의 빚을 갚고도 양반의 신분을 지키게 되었다.

미처 생각하지 못한 질문

1. 글 읽는 선비로 살아가던 양반은 경제 활동은 없이 결국 많은 빚을 진다. 양반이 빚을 갚을 수 있는 좋은 방법은 무엇일까?

2. 양반 증서는 양반이 해야 하는 일을 적은 증서다. 친구 증서나 학생 증서처럼 나의 역할에 맞는 증서를 만든다면, 꼭 넣고 싶은 항목은 무엇인가?

3. 천 석의 빚을 져서 평민이 되어야 했던 양반은 운 좋게 천 석의 빚을 갚고도 양반의 신분을 되찾는다. 양반은 앞으로 어떻게 살

아가게 될까?

답을 찾아 한 걸음씩 나아가기

〈양반전〉은 양반의 허례허식을 비판적으로 그린 작품이다. 이 작품에 나오는 양반은 조선 후기에 몰락해 가던 양반층을 대표하는 인물이다. 뛰어난 학식도 실생활에는 아무런 도움이 되지 않는다. 부자는 양반이 부러워 경제력으로 신분을 샀으나, 하지 말아야 할 것과 겉치레가 너무 많아서 결국은 양반 신분을 포기한다.

토론하기

양반과 부자, 나의 선택은?

1. 양반 신분의 장점과 평민 부자의 장점은 무엇인가?

2. 양반 신분의 단점과 평민 부자의 단점은 무엇인가?

3. 양반으로 사는 것과 부유한 평민으로 사는 것 중 무엇이 더 행복할까?

허생전

가난한 선비, 만 냥을 빌리다

허생은 한양 묵적골에 살았다. 한양은 서울의 옛 이름으로, 왕을 비롯해서 왕족, 양반과 장사꾼, 기술자 등 많은 사람이 모여 사는 도시였다. 한양은 운종가(조선 시대 서울의 종로 네거리 일대)로 불리던 북촌과 도성 남쪽의 남촌으로 나뉘었는데, 허생이 살던 묵적골은 남촌에 자리해 있었다. 묵적골은 한양 중심가와 거리가 있어 주로 몰락한 양반이나 신분이 낮은 사람들이 살았다.

남산 밑으로 가면 우물이 있는데, 우물 위에 오래된 은행나무 한 그루가 서 있었다. 그 은행나무를 향해 사립문을 둔 집이 바로 허생의 집이었다. 두어 칸밖에 안 되는 낡은 초가는 비바람에 금방이라도 허물어질 것처럼 보였다. 허생은 비가 새던 바람이 불던 관심이 없고 글 읽기만 좋아했다. 밤낮없이 글 읽는 소리가 문밖까지 들리곤 했다.

"오늘도 저 집에서는 글 읽는 소리가 들리는군."

"하루도 거르지 않고 책을 읽다니, 참 대단한 양반이야."

"그러면 뭐 해? 글만 읽느라 세월을 낭비하고 있잖나."

허생의 집 앞을 지나가는 사람들은 저마다 한마디씩 던졌다. 그러나 허생은 누가 뭐래도 신경 쓰지 않았다.

허생이 글 읽는 데만 매달려 세월을 보내니, 집안 살림은 고스란히 그의 아내 몫이 되었다.

"오늘은 또 어떻게 끼니를 때우나?"

자고 일어나면 책부터 펼치는 허생과는 달리, 아내는 아침만 되면 먹고살 것이 고민이었다. 그녀는 동네 사람들의 바느질감을 얻어 와 겨우 남편과 함께 입에 풀칠을 할 수 있었다. 날이 갈수록 아내는 지쳐 갔다. 일감이 많으면 그나마 걱정이 줄었지만, 그렇지 않으면 굶기 일쑤였다. 아침을 차리려고 독을 열어 보면 쌀 한 톨 보이지 않았다. 아내는 빈 독 앞에서 땅이 꺼져라 한숨만 쉬어야 했다. 그렇게 한숨으로 보내는 날이 하루하루 늘어나고 있었다.

어느 날 아내가 배가 고파 울음 섞인 목소리로 말했다.

"당신은 과거를 볼 생각도 없으면서 뭐 하려고 글을 읽습니까?"

그러자 허생이 웃으며 대답했다.

"내 아직 공부가 부족하여 글을 더 읽어야 한다오."

"이러다가는 다 굶어 죽고 말겠어요. 과거 볼 생각이 없으시면 다른 일을 하는 게 어때요?"

"글 읽는 것 말고 무얼 하라는 것이오?"

"장인바치가 되어 물건을 만드는 것은 어떻습니까? 물건을 만들어 팔면 먹고살 수는 있지 않겠어요?"

허생은 아내를 빤히 쳐다보며 말했다.

"그 일은 배운 적이 없는데 어찌하란 말이오?"

"그렇다면 장사라도 하는 게 어떻겠습니까? 셈을 할 수 있으면 먹고살 수는 있지 않겠어요?"

"장사를 하려면 밑천이 있어야 하는데, 우리는 빈털터리니 어찌하란 말이오?"

참다못한 아내는 그만 폭발하고 말았다.

"밤낮없이 글만 읽더니 '어찌하란 말이오?' 소리만 배웠나요? 장인바치도 못 하겠다, 장사도 못 하겠다……. 그럼 도적질은요? 도적질도 못 하겠다고 하시렵니까? 당장 굶어 죽게 생겼는데 도적질이라도 해서 식구를 먹여 살려야 하지 않겠어요?"

도적질이라도 해야 하지 않겠냐는 아내의 말을 듣더니 허생은 책을 덮고 자리에서 벌떡 일어섰다.

"참으로 안타까운 일이로다. 내 십 년 동안 글 읽기를 다짐했건만 이제 겨우 칠 년인 것을……."

허생은 사립문 밖으로 휙 나가 버렸다. 집을 나섰지만 거리에는 허생이 아는 사람이 한 명도 없었다. 허생은 운종가로 나가 지나가던 사람을 붙들고 물었다.

"한양에서 제일가는 부자가 누구요?"

"아니, 변 부자를 모르시오?"

남자는 허생을 위아래로 훑어보며 말했다.

"변 부자의 집이 어디요?"

남자는 변 씨의 집을 알려 주었다. 허생은 곧바로 변 씨의 집으로 찾아갔다.

"무슨 일로 나를 찾아왔소?"

허생은 변 씨를 보더니 말했다.

"내 가난하여 장사할 밑천이 없소만, 무엇을 시험해 보려 하니 만 냥만 빌려주시오."

"그렇게 합시다."

변 씨는 시원스럽게 대답하고는 그 자리에서 만 냥을 내어 주었다. 허생은 고맙다는 인사도 없이 만 냥을 가지고 떠났다.

"저게 어찌 된 일인가?"

변 씨의 집에는 가족들과 손님들이 많이 모여 있었다. 모두들 변 씨가 허생에게 만 냥을 빌려주는 것을 보고 놀라 수군댔다. 문밖을 나서는 허생의 모습은 빌어먹는 거지의 모습과 다르지 않았다. 선비랍시고 두른 허리끈은 술이 다 빠졌고, 가죽신은 뒤꿈치 한쪽이 다 닳아 있었다. 찌그러지고 낡은 망건과 땟국이 흐르는 두루마기, 거기에 콧물까지 훌쩍이는 몰골이 거지 중에서도 상거지 꼴이었다. 그런 형편없는 자에게 만 냥을 선뜻 내어 주다니 모두 어안이 벙벙했다.

"어르신, 저분을 아십니까?"

모인 사람 중 하나가 물었다.

"모르네. 오늘 처음 보는 사람이네."

"아니, 모르는 사람한테 만 냥을 선뜻 주시다니요. 이름도 묻지 않고, 어쩌려고 그러십니까?"

변 씨는 태연하게 대답했다.

"자네들이 상관할 바가 아니네. 원래 돈을 빌리러 오는 사람은 자기 생각을 길게 늘어놓기 마련이지. 갚을 계획을 부풀리고 과장하며, 꼭 지키겠다고 다짐하면서 말이야. 그런 이들의 얼굴은 비굴하고 초조하기 마련이네. 그러나 저 사람은 옷도 신발도 낡고 볼품없으나 말이 정확하고, 사람을 대하는 눈빛이 당당하며 부끄러워하는 기색이 없었네. 재물에는 관심이 없고 자기가 하는 일에 만족하고 있는 사람이 분명해. 그런 사람이 하려는 장사가 작은 일은 아닐 듯하니, 나도 그 사람을 시험해 보려는 게야. 이왕 돈을 내주는데 이름을 알아서 뭐 하겠는가?"

큰돈을 벌다

변 씨에게서 만 냥을 얻은 허생은 집으로 가지 않고 경기도 안성으로 향했다. 안성은 경기도와 충청도가 만나는 곳이고, 충청도, 경상도, 전라도 사람이 모두 모이는 곳이었다.

허생은 안성에 도착하자 지낼 곳과 창고를 마련했다. 그리고 시장으로 가서 이것저것 살피기 시작했다. 시장에는 곡식과 과일, 채소가 가득했다. 한참을 살펴보던 허생은 무릎을 탁 쳤다.

"옳지, 바로 그거야."

허생은 다음 날부터 시장에 가서 대추, 밤, 감, 배, 석류, 귤, 유자 따위의 과일을 모조리 사들였다.

"과일값이 얼마요?"

"배는 알이 굵고 달아서 좀 비싸고, 감은……."

과일 장수는 파는 과일의 값을 하나하나 알려 주었다.

"여기 있는 것을 다 사겠소. 모두 얼마요?"

"이 많은 것을 다 사겠다고요?"

과일 장수는 이게 웬 횡재냐며 가지고 있는 과일을 허생에게 모두 팔았다. 허생은 다른 과일 장수에게서도 과일을 모두 샀다. 게다가 파는 사람이 부르는 대로 돈을 지불했다.

"아니, 저 양반은 하루 이틀도 아니고, 과일을 저렇게 많이 사서 어쩌려는 거지?"

"그러게 말이야."

"우리야 많이 팔면 팔수록 좋은 거 아닌가."

과일 장수들은 자기들끼리 숙덕거렸다. 허생은 그 많은 과일을 한꺼번에 사면서도 물건값을 깎지 않아서 어떤 사람들은 시세보다 두 배를 더 부르기도 했다.

"이건 좀 비싼데요."

"알겠소, 값을 지불하리다."

허생은 이렇게 사들인 과일을 모두 창고에 쌓아 두었다. 그러자 얼마 후, 안성뿐만 아니라 나라 안의 과일이란 과일이 모두 바닥이 나고 말았다.

"곧 잔치를 치러야 하는데 과일이 없어서 어쩌나?"

"이 사람아, 제사에 쓸 것도 구할 길이 없다네."

여기저기서 과일을 구하지 못해 야단이었다. 그러자 허생에게 과일을 팔았던 사람들이 모두 찾아와 과일을 다시 팔라고 난리가 났다.

"이보시오, 지난번에 내게 사 간 과일을 도로 파시오."

"내가 먼저요, 나한테 파시오."

"돈을 더 줄 테니 나한테 주시오."

"얼마면 되겠소? 부르는 대로 값을 치르겠소."

허생은 찾아온 과일 장수들에게 과일을 팔지 않았다. 허생이 과일을 팔지 않자 과일값이 점점 더 비싸졌다.

"처음 가격의 열 배를 주시오."

결국 과일 장수들은 허생에게 판 값의 열 배를 주고 과일을 사 갔다.

"겨우 만 냥으로 나라의 경제를 기울게 할 수 있다니, 이 얼마나 한심하고 보잘것없단 말인가?"

허생은 깊은 한숨을 쉬며 탄식했다.

과일을 다 처분한 다음에는 그 돈으로 생활에 필요한 칼, 호미, 무명, 명주, 솜 등을 모두 사들였다. 그러고는 산 물건을 가지고 제주도로 갔다. 제주도는 섬이라 농기구나 생활에 필요한 물건을 구하기가 쉽지 않았다. 제주도에 가서 가지고 간 것들을 모두 판 뒤, 이번에는 말총(말의 갈기나 꼬리의 털)을 사들였다. 말총은 망건(상투를 틀기 위해 머리에 두르는 그물)을 엮는 데 꼭 필요한 재료였다.

"몇 년이 지나면 나라 안의 남자들이 상투를 싸매지 못하겠지. 그러면 망건값이 오르게 될 거야."

허생이 말한 대로, 얼마 되지 않아 망건값이 오르기 시작했다. 망건값이 열 배나 뛰어올랐을 때 말총을 내다 파니, 허생은 단번에 백만 냥을 벌었다.

그렇게 큰돈을 번 허생은 어느 날 늙은 뱃사공에게 물었다.

"사람이 살 만한 빈 섬을 본 적이 있는가?"

"본 적 있습니다. 전에 바람을 만나 서쪽으로 사흘 밤낮을 가다가 한 섬에 닿았는데 그곳이라면 살 만할 것입니다.

"자세히 말해 보게나."

"누가 기르지 않는데도 꽃과 나무가 가득하고, 과일도 주렁주렁 열려 있었습니다. 그뿐 아니라 고라니와 사슴이 떼를 지어 다니고, 물고기들도 사람을 본 적이 없어 저를 보고도 놀라는 기색 없이 헤엄쳤지요."

"오호라, 정말 그런 곳이 있단 말인가?"

허생은 뱃사공의 말을 듣고 무척 기뻐했다.

"만일 자네가 나를 그곳으로 데려다준다면 평생 나와 함께 부귀를 누리게 해 주겠네."

"그렇게 하겠습니다."

뱃사공은 허생의 뜻을 따르기로 했다.

바람이 적당한 어느 날, 배를 몰아 뱃사공이 말한 섬에 도착했다. 그러나 허생은 높은 바위 꼭대기에 올라가 섬을 살펴보고는 실망해서 말했다.

"땅을 둘러보니 천 리도 못 되는구나. 이렇게 작은데 무슨 일을 벌인단 말인가. 다만 땅이 기름지고 물맛이 좋으니 부잣집 늙은이 노릇은 할 수 있겠군."

뱃사공이 그 말을 듣더니 물었다.

"아니, 사람도 없고 텅 빈 섬에서 누구와 산단 말입니까?"

"덕이 있는 자에게는 사람들이 저절로 찾아오기 마련이네. 덕이 없는 것이 걱정이지, 어찌 사람 없는 것을 걱정하는가?"

새로운 나라를 건설하다

이때, 전라도 변산 지방에는 도적 수천 명이 무리를 지어 다니며 백성들의 재산을 훔쳐 고을마다 골치를 앓고 있었다. 관청마다 군졸을 풀어서 도적을 잡으려 하였으나 쉽게 소탕할 수 없었다. 그러나 도적 무리 역시 각 고을에서 저희를 잡으려 드니 도적질이 어렵기는 마찬가지였다. 도적들은 깊은 곳에 몸을 숨긴 채 굶주리는 처지가 되었다. 허생이 이 소문을 듣고 도적의 소굴로 찾아갔다. 그리고 우두머리를 설득하기 시작했다.

"너희 천 명이 천 냥을 훔쳐서 나누어 갖는다면 한 사람에게 얼마씩 돌아가느냐?"

그러자 우두머리가 코웃음을 치며 말했다.

"어린아이도 알겠소. 한 사람에게 한 냥씩이지요."

"너희들에게 아내는 있느냐?"

"없소."

"그럼, 논밭은 있느냐?"

"누굴 놀리시오? 논밭이 있고 아내가 있으면 왜 도적질을 하겠소?"

"그렇다면 어찌하여 장가를 들어 가정을 꾸리지 않느냐? 집을 짓고, 소를 사서 농사를 짓고 살면 이렇게 쫓길 필요도 없고, 도적이란 말도 듣지 않을 것 아니냐? 부부가 살림을 하면서 즐겁게 지낼 수 있고, 밖에 나가도 잡힐 걱정 없이 편안하게 살지 않겠느냐?"

"누군 그리고 싶지 않아서 이럽니까?"

"그럼 무엇이 문제란 말이냐?"

"돈이지요."

그 말을 듣고 허생이 웃으며 말했다.

"너희가 도적질을 하면서 무슨 돈 걱정을 하느냐? 정 그렇다면 내가 너희를 위해 돈을 마련해 주겠다. 내일 바닷가에 가면 붉은 깃발을 단 배가 있을 게다. 그 배에 돈을 가득 실어 둘 테니, 갖고 싶은 대로 가져가거라."

허생은 도적들에게 약속을 하고 내려갔다.

"거참, 미친놈을 다 보겠네."

도적들은 허생이 하는 말이 믿기지 않아 그저 미친 사람이라고 생각했다.

다음 날 아침이었다. 도적들은 혹시나 하는 마음에 바닷가로 갔다. 그곳에 정말로 허생이 삼십만 냥이나 되는 돈을 배에 싣고 기다리고 있었다.

"아니, 헛소리가 아니었잖아?"

도적들은 크게 놀라며 허생에게 절을 하며 말했다.

"그저 분부대로 따르겠습니다. 저희가 어떻게 할까요?"

"우선 너희들이 가지고 갈 수 있는 만큼 돈을 가져가거라."

허생의 말을 들은 도적들은 서로 앞다투어 돈 자루에 달려들었다. 그러나 아무리 힘을 써도 백 냥을 짊어지지 못하였다. 이 모습을 보고 허생이 말했다.

"쯧쯧, 백 냥도 들지 못하면서 무슨 도적질을 한단 말이냐? 그러나 평범하게 살고 싶다 해도 너희들은 이미 도적의 명단에 올랐으니 갈 곳이 없게 되었구나."

도적들은 허생이 하는 말을 숨죽여 듣고 있었다.

"그럼 이렇게 하자. 내가 여기서 기다리고 있을 테니 너희들은 각자 백 냥의 돈을 가지고 가서 여인과 소 한 마리씩을 구해 오너라."

"예, 그리하겠습니다."

도적들은 신이 나서 큰 소리로 대답한 뒤, 각자 돈 자루를 짊어지고 뿔뿔이 흩어졌다. 도적들이 흩어진 후 허생은 이천 명이 일 년 동안 먹을 식량을 장만하여 도적들이 돌아오기를 기다렸다.

약속한 날짜가 되자 도적들이 여인과 소를 데리고 모여들었다. 허생은 그들을 모두 배에 태워 일전에 눈여겨 둔 빈 섬으로 갔다. 도적들이 모두 사라지자 나라에 시끄러운 일이 없어지고 평화가 찾아왔다.

섬에 도착한 도적들은 나무를 베어 집을 짓고 대나무를 엮어 울타리를 세웠다. 그러자 순식간에 큰 마을이 생겼다. 그런 다음에는 밭을 일궜다. 땅이 기름져서 밭갈이와 김매기를 하지 않아도 곡식이 잘

자라 한 줄기에 아홉 이삭이 주렁주렁 매달렸다.

"배곯지 않고 살기만 바랐는데, 이제 그 소원을 풀었네."

"이제 쫓길 걱정도 없고, 가족도 생겼잖은가."

"난 잠에서 깰 때마다 이게 꿈일까 무섭네."

섬에 온 사람들은 근심 걱정 없이 행복하게 살았다. 섬에서는 날마다 웃음소리가 끊이지 않았다.

농사가 잘되자 식량이 남아서 삼 년 동안 먹을 양식을 저장하고, 나머지는 배에 싣고 일본의 장기도로 가져가서 팔았다. 장기도에는 삼십일만 가구가 살고 있었는데, 마침 큰 흉년이 든 덕에 가져간 곡식을 모두 팔아 은 백만 냥을 벌었다.

"이제야 무엇인가 해낸 것 같구나. 나의 조그만 시험이 끝났다."

허생은 섬에 살고 있는 남자와 여자 이천 명을 모두 불러 모았다.

"내가 이곳에 올 때는 너희를 부자가 되게 하고, 따로 글자도 만들고, 옷이며 갓 같은 것도 지어 입게 할 생각이었다. 그러나 땅도 좁고 내 덕도 부족하여 그런 일을 할 수 없으니, 나는 이제 이곳을 떠나려 한다."

"안 됩니다. 저희와 함께 이곳에 살겠다 하지 않으셨습니까?"

섬 사람들은 허생이 떠나는 것을 말렸다. 그러나 허생의 생각은 바뀌지 않았다.

"너희가 아이를 낳거든 오른손으로 숟가락을 잡도록 가르치고, 하루라도 먼저 태어난 사람을 공경하는 마음을 가르쳐야 한다."

이렇게 말하고는 섬에서 나갈 배를 제외한 모든 배를 없애 버렸다.

"밖으로 나가지 않으면 이곳으로 오는 사람도 없을 게다."

허생은 오십만 냥이 든 돈자루도 물속에 던져 버렸다.

"언젠가 바다가 마르면 누군가 얻는 자가 있겠지. 백만 냥만 있어
도 나라 안에서 다 쓸 수가 없는데, 이 조그만 섬에서 이 돈이 무슨
소용이 있겠느냐."

허생은 사람들을 둘러보더니 글을 아는 사람들을 모두 배에 태웠다.

"이 섬에서라도 화근을 모두 없애야 한다."

빌린 돈을 갚다

다시 육지로 돌아온 허생은 온 나라 구석구석을 돌아다니며 가난
하고 의지할 데 없는 사람들에게 재산을 나누어 주었다. 그렇게 다
나눠 주고도 십만 냥이 남았다.

"이 돈은 변 씨에게 갚아야겠군."

허생은 변 씨를 찾아갔다.

"나를 기억하시오?"

변 씨는 자기를 찾아온 허생을 보고 놀라며 말했다.

"그대 얼굴빛이 조금도 나아지지 않은 걸 보니 형편이 그대로인 모양이오. 내 돈 만 냥을 날린 게로군."

그 말을 듣자 허생이 껄껄 웃었다.

"허허, 재물로 인해 얼굴빛이 바뀌는 건 당신들 이야기라오. 재물과 돈이 어찌 마음을 살찌게 한단 말이오?"

허생은 변 씨 앞에 십만 냥을 내놓았다.

"내 굶주림을 참지 못해 마음먹은 글 읽기를 포기하고 그대에게 만 냥을 빌렸으니 부끄러울 따름이오."

변 씨가 깜짝 놀라 절을 하며 사양했다. 그는 십만 냥은 받을 수 없으니 빌려준 돈과 십분의 일의 이자만 받겠다고 했다.

"그대는 어찌 나를 장사꾼 취급하시오?"

변 씨의 말에 허생이 크게 화를 내고는 일어나 나가 버렸다.

변 씨는 들키지 않게 몰래 허생의 뒤를 따라갔다. 허생은 남산 밑 골짜기로 가더니 금방이라도 쓰러질 듯한 오막살이로 들어갔다. 마침 우물 위쪽에서 한 노파가 빨래를 하고 있기에, 변 씨가 다가가 물었다.

"저 오막살이가 누구 집인지 아시오?"

"허 생원 댁이지요. 가난했어도 글 읽기를 좋아했는데 집을 나가서 소식이 끊긴 지 벌써 오 년이 지났다오. 쯧쯧, 부인만 불쌍하지. 혼자 살면서 남편이 집 나간 날에 꼬박꼬박 제사를 지낸다오."

변 씨는 자기에게 돈을 빌려 간 사람의 성이 허씨라는 것을 알고 집으로 돌아왔다.

다음 날 변 씨는 허생에게 받은 돈을 가지고 오막살이를 찾아갔다.

"이 돈을 다 받을 수는 없소."

변 씨가 허생에게 말했다. 허생 역시 딱 잘라 거절했다.

"내가 부자가 되고 싶었다면 어찌 백만 냥을 버리고 십만 냥만 가지고 왔겠소? 내게 돈을 돌려주고 싶은 마음이라면 당신이 나를 돌보아 주시오. 가끔 우리 식구가 먹을 양식과 입을 옷만 마련해 주시오. 한평생 그것으로 충분하다오. 무엇 하러 재물 때문에 마음을 괴롭힌단 말이오?"

변 씨는 어떻게든 허생을 설득하려고 했으나 끝내 허생은 고집을 꺾지 않았다. 이때부터 변 씨는 허생을 보살펴 주었다. 먹을 것이나 입을 옷이 떨어질 때가 되면 직접 가져다주었다. 그러면 허생도 반가워하며 받았지만 만약 조금이라도 넘치면 좋아하지 않았다.

그러나 변 씨가 술을 가져가면 평소보다 반가워하며 서로 주거니 받거니 취하도록 마셨다. 이렇게 두어 해가 지나니 두 사람의 우정이 깊어졌다. 하루는 변 씨가 조용히 물어보았다.

"어떻게 다섯 해 만에 백만 냥을 벌었는가?"

"그건 어려운 일이 아닐세. 우리 조선은 다른 나라와 무역이 없고, 수레가 전국을 돌아다닐 수 있으니 모든 물건이 이 안에서 생산되고

소비되지 않는가. 천 냥은 적은 금액이라 모든 물건을 살 수는 없지만 그것을 열로 쪼개면 몇 냥인가?"

"그야, 백 냥이지."

"맞네. 백 냥으로 열 가지 물건을 골고루 살 수 있지. 물건이 가벼우면 가지고 다니며 팔기도 쉽고. 만약 열 가지 중 한 가지 시세가 좋지 않아도 나머지 아홉 가지로 손해를 메울 수 있네. 이는 작은 이익을 남기는 장사치들이 흔히 하는 방법이라네."

변 씨는 고개를 끄덕이며 허생이 하는 말을 듣고 있었다.

"그러나 만 냥이면 이야기가 다르네. 만 냥이면 한 가지 물건을 모조리 살 수 있네. 한 고을에 가득 있는 것이라도 그물의 코처럼 한번 훑으면 모두 거둬들일 수 있지. 예를 들면 바다에서 나는 해산물 중 하나를 택해 모조리 사 두거나, 약재료 중에서 하나만 독점해 두면, 모든 장사꾼들은 그 물건은 구경도 할 수 없게 되지. 사실 이런 방법은 백성들을 못살게 하는 일이고, 만약 나랏일을 하는 관리가 이런 방법을 쓴다면 그 나라는 병들게 되겠지."

허생의 말을 들은 변 씨가 물었다.

"내가 돈 만 냥을 빌려줄 걸 어떻게 알고 찾아왔나?"

허생이 대답했다.

"자네가 내게 만 냥을 줄 거라는 확신은 없었네. 백만 냥은 쉽게 벌 수 있을 거라고 생각했지만 운명은 하늘에 달렸으니 장담할 순 없으니까. 내가 그것을 해내리란 걸 알아보는 사람이 복이 있는 게지. 부자가 더 부자가 되는 것은 하늘이 정한 일이네. 자네에게 만 냥을 얻어 원하는 대로 이룬 것은 자네의 복을 빌려서 가능한 것이었네. 만약 내 재산으로 혼자 시작했다면 성공했으리라는 보장은 못 하네."

'허생의 학식과 재주가 정말 아깝구나. 나로서는 감히 생각지도 못할 일이며, 상상도 하지 못할 배포로다. 큰 그릇을 지닌 사람이 이렇게 썩고 있다니.'

변 씨는 허생의 말을 들으며 마음속으로 생각했다.

"지금 사대부들은 병자년에 남한산성에서 오랑캐에게 당한 치욕을 씻으려 하고 있네. 지금이야말로 지혜와 재주를 가진 선비가 나서야 할 때가 아닌가? 자네의 재주리면 가능할 텐데 이렇게 묻혀 살고 있는 게 안타깝네."

변 씨가 간절한 표정으로 말했다.

"별소리를 다 하는군. 나야 평생을 묻혀 산 사람이네. 나처럼 살아가는 사람들이 한둘이겠는가? 조성기(재주는 뛰어났지만 평생 글공부에만 전념한 조선 시대 인조 때의 학자)는 적국에 사신으로 가더라도 현명하게 일을 처리할 사람이었지만 평생을 벼슬을 하지 않고 베잠방이로 생을 마치지 않았는가? 유형원(조선 중기의 실학자)은 또 어떻고? 어려운 전장에서 수만 군졸의 군량을 수송할 만한 재주를 가지고 있었어도 바닷가에서 떠돌다 죽지 않았나? 그러니 오늘날

나랏일을 맡아서 하는 사람들의 기량을 말해 무엇 하겠나? 나는 장사에 소질이 있어서 구왕의 머리(고대 중국이 아홉 개의 주로 나뉜 것을 의미하는 것으로, 여기서는 모든 나라를 뜻함)라도 충분히 살 돈을 벌었지만 바닷속에 던져 버렸네. 이 나라에서는 그 돈을 쓸 곳이 없기 때문이라네."

변 씨는 긴 한숨을 쉬고 돌아갔다.

'아무리 생각해도 아까운 사람이야.'

변 씨는 돌아가서도 허생에 대한 생각이 머릿속에서 떠나지 않았다.

변 씨는 정승 이완(조선 현종 때의 무장)과 친분이 있어 전부터 잘 알고 지냈다. 마침 어영대장(어영청의 우두머리)이 된 이완이 변 씨에게 인재를 추천해 달라고 부탁했다.

"혹시 주변에 추천해 줄 만한 사람이 있나? 기이한 재주를 숨기고 산다거나 큰일을 할 수 있는 사람 말일세."

변 씨는 이완에게 허생 이야기를 들려주었다.

"그런 사람이 있단 말인가?"

이완은 허생의 이야기를 듣고는 놀라워했다.

"장안에 그런 사람이 있었다니! 그 사람의 이름이 무엇인가?"

"삼 년 동안 가깝게 지냈지만 아직 이름도 모르고 있습니다."

"특이한 사람이군. 나와 함께 가 보세."

사라진 허생

밤이 되자 이완은 변 씨와 함께 허생의 집을 찾아갔다.

"잠시만 기다리십시오."

변 씨는 이완을 밖에 세워 두고 먼저 들어가 허생에게 사정을 이야기했다. 허생은 시큰둥하게 듣더니 말했다.

"이왕 온 거, 가져온 술병이나 풀게."

둘은 술잔을 주고받았다. 변 씨는 술을 마시면서도 밖에 세워 둔 이완이 신경 쓰였다.

"손님을 밖에 저리 세워 두면 곤란한데……."

변 씨가 여러 번 말해도 허생은 들은 척도 하지 않았다. 한밤중이 되어서야 허생이 말했다.

"들어오시라 하게."

변 씨는 환하게 웃으며 이완을 들어오게 했다. 이완이 왔는데도 허생은 일어나 맞이할 생각조차 하지 않았다. 이완은 당황했지만 천천히 자신의 뜻을 말했다.

"나라에 필요한 인재를 찾고 있는데, 선생이 적임자라 생각해서 찾아왔습니다."

허생은 이완의 말에 손을 내저었다.

"밤은 짧은데 말은 기니 무척 지루하군. 당신 벼슬이 무엇이오?"

"어영대장입니다."

"그렇다면 나랏님이 신뢰하는 신하겠군."

허생의 말에 이완의 어깨가 으쓱 올라갔다.

"내 나랏일에 꼭 필요한 와룡 선생(중국 촉나라 시대의 정치가인 제갈량의 호)과 같은 인재를 추천할 테니, 당신이 임금님에게 말씀드릴 수 있겠소? 임금님이 직접 그에게 찾아가 세 번 간청하도록 말이오."

이완은 허생의 말을 듣고 머리가 복잡해졌다.

'임금님에게 가서 신하에게 머리를 숙이라고 하란 말인가? 더구나 세 번씩이나……. 아니 될 말이다.'

이완은 한참을 고민하다가 말했다.

"그건 어렵겠습니다. 그러니 두 번째 방법을 일러주시지요."

"나는 두 번째라는 것은 배운 적이 없소."

이 말을 들은 이완이 몹시 난처해하며 사정했다.

"그래도 한 번 더 생각해 주십시오."

허생이 다시 말했다.

"당신도 알다시피 임진왜란 때 명나라에서 우리에게 군사를 보내 주었소. 많은 명나라 장졸들의 자손이 조선에 은혜를 베푼 적이 있다고 생각하여 청나라에게 망하자 이곳으로 왔소. 그들은 떠돌아다니며 외로운 홀아비 생활을 하고 있소. 조정에 청하여 종실의 딸들을 그들에게 시집보내고, 높은 벼슬아치의 재산을 털어서 그들의 살림을 마련해 줄 수 있겠소?"

이완은 이 말을 듣고 한참 동안 고개를 숙이고 생각했다.

'이 역시 곤란하다. 명나라는 이미 망한 나라인데 그들을 돌봐 준다고 하면 다들 반대할 게 뻔하다. 더구나 종실의 딸을 시집보내고, 대신들에게 자기 재산을 나누어 주라고 하는 건 미친 짓이지.'

"그것도 어렵겠습니다."

허생은 이완의 대답을 듣더니 코웃음을 쳤다.

"이것도 어렵고, 저것도 어렵다고만 하니 그대가 할 수 있는 게 무엇인가?"

이완은 아무 대답도 못하고 고개만 숙이고 있었다.

"그럼 내가 아주 쉬운 방법을 알려 주지."

이완이 그 말을 듣더니 고개를 들고 반갑게 말했다.

"알려 주십시오."

"대의를 천하에 알리려거든 먼저 천하의 호걸들과 친분이 있어야 하오. 또 남의 나라를 정복하려면 첩자를 쓰지 않고는 성공할 수 없소. 지금 만주 땅에는 천하의 주인이 들어앉아 있으나, 이웃 나라들과 친교를 맺지 못하고 있소. 마침 조선이 다른 나라보다 먼저 나서서 항복을 했으니 저들은 우리를 가장 믿고 있을 것 아니오? 그러니 이제 사대부 자제들을 보내 학문도 배우게 하고 벼슬도 하고, 옛

날 당나라와 원나라 때 우리나라 유학생을 받은 것처럼 자유롭게 왕래하게 해 달라고 하면 그들은 우리의 부탁을 기쁘게 받아들일 것이오."

허생의 말을 듣던 이완의 얼굴이 점점 하얗게 질렸다.

"만약 그리되거든 나라에서 재능 있는 양반 자제들을 뽑아 머리를 깎고 그들의 옷을 입혀 보내고, 빈공과(중국에서 외국인을 상대로 실시한 과거)를 보게 하시오. 그리고 백성들은 장사를 하면서 멀리 강남까지 들어가 그들의 참과 거짓을 염탐하고, 그 고장 호걸들과 친분을 맺어 둔다면 이 얼마나 좋은 기회란 말이오? 그때 군사를 일으키고 큰일을 꾀하면 과거의 수치도 다 씻을 수 있소. 그런 다음 명나라 황족인 주 씨를 찾아가 천자로 받들고, 만약 주 씨가 없다면 천하의 제후들을 거느리고 천자가 될 만한 인물을 추천하시오. 그리하면 조선은 대국의 스승이 될 것이고, 잘못되더라도 백구의 나라(천자가 성이 다른 제후를 존경하여 부르던 말로, 백구의 나라는 황제의 외숙의 나라라는 뜻)는 될 것이오. 이것은 가능하겠소?"

이완은 할 말이 없었다. 잠자코 있던 이완은 겨우 입을 열었다.

"지금은 사대부들이 몸을 함부로 하지 않고 예법을 지키며 살고 있습니다. 누가 자제의 머리를 깎게 하고 다른 나라의 옷을 입히겠습니까?"

이완이 말을 마치자 허생이 크게 화를 냈다.

"도대체 사대부가 무엇이란 말이오?"

이완이 아무 말이 없자 허생이 말했다.

"오랑캐의 땅에 태어나서 스스로 사대부라 칭하니, 우습지 않소? 온통 흰 옷만 두르니, 이는 제사 지내는 사람의 옷차림이고, 머리를 한데 묶어서 송곳처럼 상투를 트니 이는 남만(중국의 남쪽 지방에 사는 민족을 얕잡아 부르는 말)의 방망이 상투가 아니겠소? 그런 차림을 하고는 어찌 예법을 말한단 말이오? 옛날 번어기(진나라의 장수로 연나라로 망명함)는 원한을 갚고자 스스로 머리카락 자르기를 아까워하지 않았고, 무령왕(조나라의 임금)은 부강한 나라를 만들려고 오랑캐의 옷을 입는 것도 수치로 여기지 않았소. 지금 명나라의 원수를 갚겠다고 하면서 그까짓 상투 하나를 아낀단 말이오?"

허생의 화난 모습에 이완은 어쩔 줄 몰랐지만 달리 대답할 말이 없었다.

"뿐만 아니라 앞으로 말타기, 칼 치기, 창 찌르기, 활 당기기, 돌팔매질을 배워야 하거늘, 입고 있는 그 넓은 소매를 고칠 생각은 하지 않고 예법만 찾고 있으면 무슨 소용이란 말이오? 내가 세 가지 방책을 일러주었으나, 셋 중 하나도 행하지 못한다면 어찌 제대로 된 신하라 하겠소?"

"그런 게 아니라……."

허생은 이완의 말을 딱 잘랐다.

"당신 같은 사람은 목을 베는 것이 마땅하니……."

허생은 말을 멈추고는 좌우를 살피더니 칼을 찾아 찌를 기세였다. 이완은 깜짝 놀라 냉큼 일어나 뒤도 돌아보지 않고 달아났다.

다음 날 이완은 다시 허생을 찾아갔다. 그러나 집은 텅 비어 있었고, 허생은 온데간데없었다.

허생전에 덧붙이는 이야기

어떤 사람은 허생이 명나라 유민일 것이라고 말한다. 명나라가 멸망한 후에 우리나라로 망명해 온 사람들이 많았기 때문이다. 만약 그들 중 하나였다면 그의 성은 허씨가 아니었을 수도 있다.

이런 이야기도 있다. 판서 조계원이 경상 감사로 있을 때, 그가 경상도 지방을 돌아다니다가 청송에 들렀다. 그런데 길옆에 두 명의 스님이 서로 마주 보고 누워 있었다. 부하가 비키라고 고함을 질러도 피하지 않고, 채찍으로 때려도 일어나지 않고, 여러 사람이 잡아 일으키려 해도 꿈쩍도 하지 않았다. 조 감사가 가까이 가서 가마를 멈추고 물었다.

"어느 절에서 온 스님들인가?"

그제야 두 스님이 일어나 오만한 태도로 눈을 흘기며 소리쳤다.

"너는 허황된 큰소리를 치고 권세에 아부해서 감사 자리를 얻은 자가 아니냐?"

조 감사가 두 스님을 자세히 보니 한 사람은 얼굴이 붉고 동그랗고, 한 사람은 검고 길쭉한 얼굴인데 말투가 보통 사람 같지 않았다. 조 감사가 가마에서 내리자 두 스님이 말했다.

"같이 온 사람들은 두고 우리를 따라오너라."

두 스님은 이렇게 말하고 먼저 앞서 걸었다. 조 감사가 두어 마장 (오 리나 십 리가 못 되는 거리)을 따라가다 땀이 흐르고 숨이 가빠서 쉬어 가자고 했으나 스님들은 도리어 화를 냈다.

　"네가 평소에 큰소리치지 않았느냐? 몸에 갑옷을 입고 창을 잡고 선봉에 서서 조선을 도와준 명나라를 위해 복수하여 치욕을 씻겠다고 말이다. 그런데 너는 겨우 두어 마장을 걷는 동안 한 걸음 옮길 때마다 숨을 열 번이나 몰아쉬고, 다섯 걸음 옮길 때마다 세 차례나 쉬었다. 그러면서 어찌 요동과 대륙의 벌판에서 마음껏 말을 달리겠단 말이냐?"

　한 바위 아래 도착하니 스님은 나무 곁에 집을 만들고 밑에는 땔나무를 깔고 그 위에 앉았다. 조 감사가 목이 말라 물을 달라고 하자 두 스님이 말했다.

　"쳇, 귀한 분이니 목이 마르고 배도 고프시겠지."

　그러더니 누런 가루로 만든 떡을 건네고, 솔잎 가루를 개울물에 타주었다. 조 감사가 인상을 찌푸리며 먹지 못하자, 두 스님이 야단쳤다.

　"요동 벌판에서는 물이 귀해 목이 마르면 말의 오줌이라도 마셔야 한다."

　그러더니 두 스님이 서로 얼싸안고 '손 선생 어른'을 부르면서 통곡하다가 조 감사에게 물었다.

　"청나라 무장 오삼계가 운남에서 병사를 일으켜 강소와 절강 지방이 시끄럽다는 사실을 알고 있느냐?"

"그런 말은 듣지 못했소이다."

조 감사의 대답에 두 스님은 한숨을 쉬며 말했다.

"명색이 큰 땅을 맡아 다스리는 감사가 천하에 이런 큰일이 일어난 것도 모르다니 한심하구나. 함부로 큰소리를 쳐서 벼슬자리를 얻은 게로구나."

"도대체 당신들은 누구시오?"

조 감사가 물었다.

"묻지 마라. 스승님을 모시고 올 테니 잠깐 앉아서 기다려라. 네게 하실 말씀이 있을 것이다."

이렇게 말하고는 스님들은 산속으로 들어갔다. 그러나 해가 졌는데도 스님들은 돌아오지 않았다. 조 감사는 스님들이 돌아오기를 밤늦도록 기다렸다. 바람이 불어 풀과 나무가 흔들리는데 갑자기 어디선가 호랑이 울음소리가 들렸다. 조 감사는 너무 무서워 기절할 뻔했다. 곧이어 사람들이 횃불을 밝히고 조 감사를 찾으러 왔다. 조 감사는 그런 기이한 일을 겪고 산속에서 내려왔다.

이 일이 있은 후로 조 감사는 신경이 쓰이고 마음이 편치 않았다. 그는 훗날 우암 송시열(숙종 때의 문신) 선생에게 이 일을 들려주었다.

"그분들은 명나라 말기의 총사령관 같군요."

송시열 선생이 대답했다.

"그분들은 왜 처음부터 저를 얕잡아 보면서 '너'라고 불렀을까요?"

"자기들이 우리나라 스님이 아니란 걸 밝힌 것 같군요. 땔나무를 쌓아 높이 앉은 것은 와신상담(불편한 땔나무에 몸을 눕히고 쓸개를 맛본다는 뜻으로, 원수를 갚거나 마음먹은 일을 이루기 위해 온갖 어려움을 참고 견딘다는 의미)을 뜻하는 것이고요."

"그럼, 울면서 왜 '손 선생 어른'을 불렀을까요?"

"손 선생 어른은 손승종을 말하는 것 같군요. 손승종이 일찍이 군대를 거느리고 청나라와 싸웠는데 두 스님은 아마도 그의 부하였을 것 같소."

두 번째

나(박지원)는 스무 살 때 봉원사에서 지내며 글을 읽고 있었다. 그때 특이한 손님이 있었다. 그는 음식을 조금밖에 먹지 않고 밤새도록 잠을 자지 않은 채, 신선이 되는 방법을 익혔다. 한낮이 되면 벽에 기대 앉아 잠깐 눈을 감고 몸 전체에 기를 스며들게 하는 훈련을 했다. 나이가 상당히 많은 것 같아서 나는 그를 공손하게 대했다. 그 노인이 가끔 나에게 허생의 이야기, 염시도(숙종 때 영의정을 지낸 허적의 종으로, 신기한 능력이 많았다고 전함), 배시황, 완흥군 부인 등에 대한 이야기를 들려주었다. 재미있는 수많은 이야기가 여러 날 밤 끊이지 않았다. 이야기들이 모두 신기하고 괴상했지만 들을 만했다. 그

때 그 노인은 자기 이름이 '윤영'이라고 했다. 병자년(1756년) 겨울의 일이었다.

그 뒤 계사년(1773년) 봄에 나는 평안도로 놀러 가 비류강에서 배를 탔다. 십이봉 아래 이르자 조그만 암자 하나가 있었다. 윤 노인이 한 스님과 그 암자에 머물고 있었다. 윤 노인이 나를 보더니 뛸 듯이 반가워하며 안부를 물었다. 윤 노인은 십팔 년이 지났는데도 얼굴이 조금도 늙은 것 같지 않았다. 나이가 여든이 넘었을 텐데 걸음걸이도 나는 듯이 가벼웠다. 나는 윤 노인에게 허생의 이야기에서 한두 가지 궁금한 점을 물어보았다. 윤 노인은 어제 일같이 정확하게 답해 주었다.

"자네가 그때 당나라의 한유가 쓴 《한창려집》을 읽었는데⋯⋯."

윤 노인은 말을 하다가 멈추고는 물었다.

"자네가 전에 허생의 전기를 쓰겠다 했는데 글은 이미 완성되었겠지?"

나는 아직 손대지 못하고 있다고 사과했다. 서로 이야기하는 중에 내가 '윤 노인'이라고 그를 불렀는데 그가 말했다.

"내 성은 '윤'이 아니라 '신'이네. 자네가 잘못 안 모양이군."

나는 어리둥절해서 노인이 이름을 물었다. 노인은 '색'이라고 했다.

"전에 윤영이라고 하지 않았습니까? 어째서 신색이라고 하십니까?"

노인은 버럭 화를 냈다.

"자네가 잘못 알고 나더러 이름을 바꾸었다고 하는 건가?"

내가 다시 따져 물으려 하자, 노인은 화가 난 눈동자를 번득였다. 나는 그제야 노인이 어떤 사람인지 짐작했다. 아마도 역적으로 몰려서 집안이 망한 사람이거나, 시대와 다른 사상 때문에 이단으로 몰려 세상을 피하고 자취를 감춘 자인지도 모른다. 내가 문을 닫고 나오자 노인은 혀를 차면서 말했다.

"안타깝군! 허생의 아내는 분명 또다시 굶주렸을 거야."

그 후에 경기도 광주 신일사에 있는 한 노인의 이야기를 들었다. 나이는 아흔 살이 넘었으나 호랑이를 때려잡을 만큼 힘이 세고 바둑과 장기를 잘 둔다고 했다. 가끔 우리나라 역사에 대해 이야기한다고도 했다. 그러나 그 노인의 이름을 아는 사람은 없었다. 노인의 나이와 모습을 들어 보니 윤영과 매우 비슷했다. 그래서 직접 찾아가 만나려고 했지만 뜻을 이루지 못했다.

세상에는 이름을 감추고 숨어 살면서 세상에 허리를 굽히지 않는 사람도 있다. 어찌 허생에 대해서만 의심을 품을 것인가.

평계의 국화 아래서 술을 조금 마신 후에 붓을 들어 쓴다.

허생전
부록

원전을 기본으로 하나 어려운 한자와 이해하기 힘든 부분은 풀어서 썼습니다. 또한 미루어 짐작할 수 있는 상황은 대화나 인물의 심리 상황을 추가해 고전에 쉽게 접근하도록 했습니다.

들어가기

장면1.

남학생 : (전화를 걸며) 너 지금 어디야?

여학생 : 나, 집이지.

남학생 : (화를 참으며) 집에서 뭐 하고 있는데?

여학생 : 내가 독서광 아니냐? 당연히 책 읽고 있지.

남학생 : (큰소리로) 야!

여학생 : (깜짝 놀라며) 어머, 왜 갑자기 소리를 질러?

남학생 : 책만 읽으면 다야? 나랑 한 약속은 다 잊은 거야?

장면2.

두 사람이 대형 마트 문구 코너에 줄을 서서 기다리고 있다.

여학생 : (미안해하며) 화 풀어. 일부러 그런 것도 아닌데.

남학생 : (간신히 화를 참으며) 좋아. 내가 이번엔 참는다. 대신,
　　　　　내 부탁 하나만 들어줘.

여학생 : 알았어, 말해 봐.

남학생 : (큰 바구니를 건네며) 여기에 요즘 유행하는 스타펜 다 담아.

여학생 : (놀라며) 그렇게나 많이! 그걸 다 사서 뭐 하려고?

남학생 : 모르는 소리, 한꺼번에 사서 되팔면 이익이 생긴다고.

여학생 : 완전 디지털 허생이 따로 없구나.

남학생 : 디지털 허생이라니, 무슨 말이야?

여학생 : 인기가 많은 제품을 한꺼번에 사서 온라인에서 비싸게 되팔아 이익을 남기는 사람들이야.

장면3.

여학생 : 내가 몇 개의 단어로 힌트를 줄 테니 어떤 인물인지 맞혀 봐.

남학생 : (자신만만해하며) 좋아, 시작해.

여학생 : 선비, 만 냥, 매점매석, 이상향.

남학생 : …….

여학생 : 아까 너처럼 한 가지 물건을 많이 사 두었다가 값을 올려 파는 것을 매점매석 혹은 사재기라고 해. 올바른 상거래 방법이 아닌 건 알고 있지?

남학생 : (고개를 숙이며) 알아, 내가 잠깐 욕심이 생겼나 봐.

여학생 : 매점매석으로 큰돈을 번 고전 소설 주인공이 있어. 그 사
람이 바로 허생이야.

허 : 〈허생전〉은 박지원이 쓴 작품으로, 허생의 모습을 통해
조선 시대의 열악한 사회 체계를 꼬집었어.

생 : 생전 일이라고는 해 본 적 없는 책벌레 선비 허생이 어느
날 만 냥을 빌리면서 벌어지는 이야기야.

전 : 전혀 예기치 못한 허생의 행동을 통해 우리는 어떤 생각을
가지고 살아가야 하는지 고민하게 하지.

고전 소설 속으로

〈허생전〉은 박지원의 《열하일기》 제10권 〈옥갑야화〉에 실린 이야
기다. 〈옥갑야화〉는 박지원이 옥갑에서 하루를 머물면서 사람들에게
들은 이야기를 정리한 책이다. 박지원의 소설에는 본래의 이야기만
있는 것도 있으나, 〈호질〉이나 〈허생전〉처럼 이야기의 앞뒤에 덧붙인
이야기가 담긴 것도 있다.

박지원이 쓴 '허생의 이야기'는 나중에 〈허생전〉으로 불리게 된다.

현실을 풍자하고, 위선에 찬 양반 사회의 모순을 고발한 작품으로 박지원의 실학사상이 잘 나타나 있다. 체면을 중요하게 생각하는 양반의 무능함을 그대로 드러내고, 천하게 여겨지던 상업에 관심을 가져야 한다는 것과 신분의 차별이 없는 세상을 제시하기도 한 작품이다.

미리미리 알아 두면 좋은 상식들

• 〈옥갑야화〉 속 이야기 살펴보기

〈옥갑야화〉에는 일곱 편의 이야기와 박지원이 글을 쓰고 난 뒤 덧붙인 두 개의 후지(後識)가 있다. 당시에 글이란 오직 양반만이 쓸 수 있고, 양반의 생각을 담는 행위라고 여겨졌다. 그러나 〈옥갑야화〉에서 알 수 있듯, 박지원은 신분이 낮은 역관들과 이야기를 나누며, 그들의 눈으로 바라본 세상을 글로 썼다.

이야기 하나

조선 역관이 연경에 다녀왔다. 역관은 압록강을 건널 때 몰래 은을 가지고 왔다가 밀수를 한 게 걸리는 바람에 가지고 있던 것을 모두 빼앗겼다. 단골로 머물던 집주인이 이 사실을 알고, 자결하려는 역관을 말리며 은 삼천 냥을 빌려주었다. 역관은 그 돈으로 오 년 후 큰 부자가 되었다. 역관은 그 후 역관 일을 하지 않고 다시는 연경에 가지 않았다. 역관의 친구가 연경에 간다고 하자, 역관은 친구에게 집

주인을 만나면 집안이 몹쓸 전염병에 걸려 모두 죽었다고 거짓말을 하라고 시킨다. 연경에 도착한 친구는 역관이 시킨 대로 집주인에게 거짓말을 한다. 집주인은 슬퍼하며 친구에게 백 냥을 건네주고는 조선으로 돌아가서 오십 냥으로 제사를 지내고, 오십 냥으로는 역관의 명복을 빌어 주라고 했다. 친구가 돌아와 역관을 찾아갔더니 정말 그 집안사람들이 전염병으로 죽고 없었다. 친구는 집주인이 준 돈으로 역관의 제사를 지내고, 거짓말을 한 것이 부끄러워 다시는 연경에 가지 않았다.

이야기 둘

이추라는 역관은 40년이 넘도록 연경에 드나들었지만 한 번도 돈 얘기를 한 적이 없으며, 돈을 가진 것을 본 적이 없다. 이추에게는 군자의 향기가 풍겼다.

이야기 셋

홍순언은 명나라에 갔다가 기생집에 팔려 온 어린 기생을 보게 되었다. 열여섯 살인 기생이 불쌍해서 기생의 몸값 이천 냥을 치르고 기생을 구해 주었다. 시간이 흐른 뒤 그가 다시 중국에 갈 일이 생겼는데, 홍순언을 찾는 사람들이 있었다. 알고 보니 그 어린 기생은 명나라 병부 상서(오늘날의 국방부 장관) 석성의 후처가 되어 있었고,

석성은 임진왜란이 일어났을 때 조선에 구원병을 보내는 일에 앞장섰다고 한다.

이야기 넷

연경의 갑부인 정세태가 죽었다. 정세태에게는 손자가 하나 있었다. 정세태가 살았을 적에 그 집안일을 봐주던 임가가 있었는데, 임가는 큰 부자가 되었다. 하루는 놀이하는 광대를 보고 불쌍한 생각이 들어 물어보니 정세태의 손자였다. 임가는 광대를 집으로 데려와 잘 보살피고, 그가 어른이 되자 재산의 반을 나누어 주었다.

이야기 다섯

예전에 물건을 사고팔 때는 포장한 것을 열어서 검사하지 않았다. 장사꾼은 연경에서 온 물건들을 열어 보지 않고 장부만 비교했다. 그런데 한번은 물건이 잘못 배달되어 흰 모자 만들 천 대신 흰 모자가 온 적이 있었다. 장사꾼은 미리 물건을 확인하지 못한 것을 후회했다. 그 일이 있던 때가 정축년이었다. 이 해는 영조의 아내인 정성 왕후와 숙종의 계비 인원 왕후가 돌아가신 해다. 나라가 상을 당해 흰 모자가 필요했는데 마침 흰 모자를 가지고 있던 장사꾼은 오히려 큰 이익을 남겼다.

이야기 여섯

변승업은 병에 걸리자 자기가 돈을 꾸어 준 사람들에게 받아야 하
는 돈이 얼마인지 궁금했다. 장부를 살펴보니 모두 오십만 냥이었다.
아들이 미루지 말고 돈을 돌려받자고 했으나, 변승업은 그러지 말라
고 했다. 오히려 아들에게 재물을 쥐고 있으면 재앙이 온다고 경고했
다. 변승업의 자손들이 가난하게 살았던 것은 그가 재물을 다 가지려
하지 않고 흩어 버렸기 때문이다.

이야기 일곱

나(박지원)는 윤영이라는 사람에게서 변승업에 대해 들었다. 변승
업이 부자가 된 내력에 관한 이야기였다. 변승업의 할아버지는 몇만
냥의 재산을 가지고 있었다. 그러다가 허씨 성을 가진 선비에게 만
냥을 꾸어 주고, 은 십만 냥을 받아 우리나라에서 가장 큰 부자가 되
었다. 변승업 때는 오히려 재산이 줄었다고 한다. 윤영에게 들은 허
생의 이야기다.

• 조선 시대의 역관

1) 역관이 되는 방법

역관이란 오늘날의 통번역사와 같은 일을 하는 관리였다. 조선 시대
에는 역관을 뽑는 시험인 '역과'가 있었다. 조선은 건국 초부터 사역원

에서 다른 나라의 언어를 가르쳤다. 중국어, 몽골어, 일본어 등으로 나누어 시험을 치렀는데, 당시 사람들은 주로 중국어를 공부했다. 역관들은 시험을 치르기 위해 〈노걸대〉라는 책으로 중국어를 배웠다.

2) 역관이 하는 일

역관은 조선 사신이 외국을 방문하거나 외국 사신이 우리나라에 왔을 때 중요한 역할을 했다. 그러나 중인 계급에 속했던 역관은 양반들에게 무시를 당했다. 나라에서 역관을 많이 뽑았으나 외국으로 나가지 않는 경우를 제외하고는 해야 할 일이 없어서 교대로 근무했고, 일한 만큼의 돈을 받았다. 역관에게 많은 녹봉을 줄 수 없자 태종 17년부터는 역관이 개인 물품을 외국에 가져갈 수 있도록 허용했다. 그리하여 외국을 드나들며 물건을 사고팔아 이익을 취하는 역관들이 생겼다. 역관은 통역관의 역할만 한 것이 아니라 다른 나라와의 무역에도 손을 대 부를 축척했다. 역관들은 선진 문물을 빨리 받아들이고, 다른 나라의 언어와 문화를 가장 빠르게 전달해 주는 사람들이었다.

• 〈허생전〉 속 실존 인물

1) 변승업

변승업(1623~1709)은 1645년 역과를 치르고 역관이 된 인물이다.

변승업은 일본어 담당 역관이었다. 1682년에 수석 통역관으로 일본을 다녀와서 숙종으로부터 종이품 가선대부라는 벼슬을 받기도 했다. (*허생전에 나오는 변 부자가 변승업인지 변승업의 할아버지인지는 정확하지 않다.)

2) 이완

이완(1602~1674)은 조선 중기 때의 무장으로, 인조 때 포도대장과 어영대장, 병조 판서, 우의정 등 여러 관직을 거쳤다. 인조가 청나라 태종에게 무릎을 꿇은 치욕을 씻기 위해 청나라를 정벌해야 한다는 주장이 '북벌론'이다. 효종은 인조의 둘째 아들로, 병자호란 때 청나라에 볼모로 잡혀갔었다. 이때의 원한을 풀고자 효종이 북벌 정책을 펴면서 가장 신뢰한 신하가 이완이다.

담고 싶은 이야기

허생은 허례허식을 싫어하고 재물을 쫓지도 않았다. 오히려 배고픔을 참지 못해 돈을 꾸러 가는 것을 부끄러워하는 선비였다. 허생은 가난하든 부유하든, 배움이 많든 적든 모두 평등하게 살아야 한다는 뜻을 가진 사람이었고, 그러기 위해서 정치가들이 어떻게 해야 하는지도 알고 있는 사람이었다. 돈을 많이 버는 것보다 어떻게 쓰는 것이 중요한지를 강조한 선구자이기도 했다. 〈허생전〉은 하루 종일 글만 읽는 무기력한 선비였던 허생의 변화를 통해 시대의 흐름을 읽는 것이 왜 중요한지를 보여 준다.

고미답
고전은 미래의 답이다

고민해 볼까?

허생은 매점매석으로 큰돈을 벌어서 그 돈으로 많은 사람들을 돕는다. 이 사실을 알게 된 변 씨는 어영대장 이완에게 허생을 소개시켜 준다. 허생은 나라를 구할 세 가지 방책을 일러순다.

첫째는 홀륭한 인재를 등용하라는 것이고, 둘째는 명나라에서 망명한 이들을 조선 왕실과 대신들의 딸과 결혼시키고 그들의 살림을 마련해 주라는 것이며, 셋째는 청나라에 양반 자제들과 상인들을 보내염탐하라는 것이었다. 그러나 이완은 세 방책 모두 따를 수 없다고 대답한다. 사실 이완의 대답이 그 시대의 현실과 다름없었을 것이다.

나은 길이 있다면 행동으로 옮길 수 있어야 한다. 그렇게하기 위해서는 용기가 필요하다. 가진 것을 과감히 버릴 수 있는 용기, 큰 뜻을 위해 작은 것을 희생할 수 있는 용기. 그러나 그런 용기를 가진 사람은 많지 않다. 허생 역시 나라를 살릴 방법을 알고 있었으나 끝까지 해결하지 않고 사라져 버렸으니 말이다. 알고 있는 것과 행하는 것은 하늘과 땅 차이다. 우리가 정말 원하는 것을 얻기 위해서 가장 먼저 버려야 하는 것이 무엇이지 고민해 보자.

미처 생각하지 못한 질문

1. 허생은 돈을 많이 벌었지만, 불필요하다고 생각한 오십만 냥을 물속에 버린다. 내가 허생이었다면 그 돈을 어떻게 했을까?

2. 허생은 매점매석으로 돈을 번 후, 그 돈으로 나라의 골칫거리인 도적 떼를 데리고 외딴섬으로 떠난다. 매점매석으로 번 돈으로 도적 떼를 구제하고, 가난한 사람들을 돌본 것이다. 허생의 행동을 어떻게 평가해야 할까?

3. 허생은 사람들이 살지 않는 빈 섬으로 도둑들을 데려가서 살기 좋은 곳으로 만들었다. 내가 만들고 싶은 이상적인 사회는 어떤 모습인가?

답을 찾아 한 걸음씩 나아가기

〈허생전〉은 어수선하고 혼란스러운 사회의 모습을 비판적으로 보여 주고 있다. 해결해야 할 문제가 많은데도 정작 그 문제를 해결할 사람들은 그 필요성을 느끼지 못한다. 현실을 바로 알고, 변화를 위해 각자가 노력해야만 건강한 사회가 될 수 있다.

?! 토론하기

• **사회가 변화하려면 어떤 노력이 필요할까?**

1. 사회의 문화를 바꾸려면 내가 먼저 변해야 한다. 나는 어떤 사람
   이 되어야 할까?

2. 사회의 어떤 면들이 변화되면 좋을까?

3. 사회의 변화를 위해 가장 필요한 것은 무엇인지 고민해 보고, 그
   이유를 말해 보자.

교과서에 나오는 우리 고전 새로 읽기 5

초판 1쇄 인쇄 2020년 6월 23일
초판 1쇄 발행 2020년 6월 29일

글쓴이 박윤경
그린이 김태란
펴낸이 김옥희
펴낸곳 아주좋은날
편집   이지수
디자인 안은정
마케팅 양창우, 김혜경

출판등록 2004년 8월 5일 제16‒3393호
주소 서울시 강남구 테헤란로 201, 501호
전화 (02) 557‒2031
팩스 (02) 557‒2032
홈페이지 www.appletreetales.com
블로그 http://blog.naver.com/appletales
페이스북 https://www.facebook.com/appletales
트위터 https://twitter.com/appletales1
인스타그램 appletreetales

ISBN 979‒11‒87743‒84‒2 (44800)
ISBN 979‒11‒87743‒75‒0 (세트)

이 도서의 국립중앙도서관 출판예정도서목록(CIP)은 서지정보유통지원시스템 홈페이지(http://seoji.nl.go.kr)와
국가자료공동목록시스템(http://www.nl.go.kr/kolisnet)에서 이용하실 수 있습니다.
(CIP제어번호 : CIP2020022508)

아주좋은날 은 애플트리태일즈의 실용·아동 전문 브랜드입니다.

┌─ 어린이제품 안전특별법에 의한 기타 표시사항 ─┐
│ 품명 : 도서 | 제조 연월 : 2020년 6월 | 제조자명 : 애플트리태일즈 | 제조국 : 대한민국 │
│ 사용연령 : 13세 이상 | 주소 : 서울시 강남구 테헤란로 201, 5층(02-557-2031) │
└─────────────────────────────┘